복수는
이렇게
하는
거라고

감귤마켓 셜록 2

복수는 이렇게 하는 거라고

초판 1쇄 발행 | 2025년 1월 31일

지은이 | 박희종
편 집 | 주재명
펴낸곳 | 메이드인
등 록 | 2018년 3월 5일 제25100-2018-000014호
주 소 | 서울특별시 은평구 연서로10길 15-6
전 화 | 070-7633-3727
팩 스 | 050-4242-3727
이메일 | madein97911@naver.com
ISBN | 979-11-90545-57-0 03810

감귤마켓 셜록 2

복수는 이렇게 하는 거라고

박희종 지음

메이드인

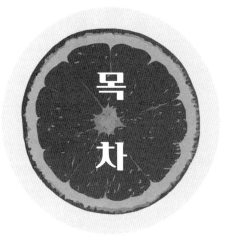

목
차

프롤로그 • 006

01. 냄새 • 016

02. 유치원 • 028

03. 아율 • 038

04. 명품 • 049

05. 태호 • 062

06. 명품시계 • 072

07. 샤인머스켓 • 080

08. 편지 • 091

09. 과수원-1 • 100

10. 과수원-2 • 110

11. 과수원-3 • 122

12. 한옥-1 • 129

13. 한옥-2 • 136

14. 폴라로이드 • 141

15. 배달-1 • 150

16. 배달-2 • 163

17. 연호 아빠 • 171

18. 이지연 • 188

19. 이미나 • 195

20. 고속도로 • 203

21. 한옥-3 • 209

22. 1004 • 215

23. 한옥-4 • 223

24. 장례식장 • 228

25. 라이브 방송 • 248

에필로그 하나 • 270

에필로그 둘 • 272

에필로그 셋 • 274

프롤로그

초인종이 울렸다. 화장실에 있던 선애는 급하게 볼일을 보고 거실로 나왔다. 그 사이에도 초인종은 계속 울렸고, 누군가가 현관문을 미친 듯이 두드렸다. 신나게 놀다가 잠깐 잠이 들었던 아영이가 문 두드리는 소리에 깼다. 많이 놀랐는지 그 자리에서 엄마를 찾으면서 울었고, 도대체 이 상황이 어떻게 된 일인지 어안이 벙벙한 선애는 밖에 누가 있는지 확인할 틈도 없이 울고 있는 아영이부터 달랬다. 아영이는 잠결에 많이 놀랐는지 눈도 뜨지 않고 자지러지게 울었다. 아영이를 안고 겨우 인터폰 앞으로 가보니, 밖의 상황은 더 심각했다. 작은 화면으로 경찰관 둘이 보였다. 선애가 인터폰 화면을 보는 순간에도 경찰들은 연신 문을 두드렸다. 마치 여기가 전쟁터 같다.

품에 안겨 버둥거리는 아영이 때문에 선애는 인터폰의 버튼을 누르지도 못했다. 상황이 보통이 아님을 느낀 선애는 어쩔 수 없이 아영이를 혼냈다.

"뚝! 그만!"

아영이를 진정시키기 위해서지만 그래도 미안하다. 그런 엄마에 놀란 아영이는 순간 울음을 그쳤다. 선애는 그사이에 재빠르게 현관문을 열었다.

문밖에는 경찰관 둘과 어느새 합류한 119 구급대원 둘이 있었다. 문을 부수는 방법밖에 없다고 생각했는지 손에 빠루를 든 구급대원이 막 문을 뜯어내려던 참이다.

그 자리의 모든 사람이 순간 얼음이 되었다. 내부 상황을 전혀 모르고 있던 경찰관과 구급대원은 아이를 안고 나오는 선애를 보고 당황했다. 서로 아무런 말도 하지 못하고 얼굴만 멀뚱멀뚱 쳐다보고 있던 그 순간, 엘리베이터에서 땡~ 하는 소리가 정적을 깼다.

엘리베이터에서 완수가 내렸다. 자기 집 현관 앞에서 벌어진 이 예상치 못한 상황에 너무 놀라 완수도 그대로 얼음 행렬에 합류한다. 이번에는 아빠 얼굴을 본 아영이가 땡 신호를 준다.

"아빠앙~!"

딸의 목소리에 정신이 든 완수는 급하게 달려가 아영이를 받아 안았다. 그때 계단으로 뛰어 올라온 경비 아저씨가 카드 키를 들고 숨을 몰아쉬며 말했다.

"여기요. 마스터키 찾았어요! 아직 초기 설정이면 이걸로 열릴 겁니다. 너무 늦은 거 아니죠? 705호 사모님 아직 돌아가신 건 아니죠?!"

경비 아저씨의 말에 선애는 눈이 두 배는 더 커졌다. 그가 말하는 705호 사모님이 자신이기 때문이다.

"예? 제가요? 제가 죽어요?"

"아, 그게요……."

선애의 반응에 뭔가 오해가 있음을 깨달은 경찰관이 조금 안심한 표정으로 선애에게 설명했다.

"신고가 들어왔습니다. 선생님 댁에서 자살 징후가 보인다고요. 그래서 급하게 소방서에 연락해서 같이 출동한 거거든요."

"예? 제가요? 도대체 누가 그런 신고를 한 건데요?"

"그게…… 치킨집에서……."

때마침 엘리베이터에서 배달기사가 내렸다. 그는 다급한 마음으로 경찰관에게 질문부터 했다.

"어떻게 됐나요? 괜찮으신 거죠?"

치킨을 들고 있는 모습을 본 경찰이 조금 당황하며 말을 이었다.

"아마도 저분께서 신고를……."

"예?"

배달기사는 분위기를 보고 대충 상황을 눈치챘다.

"제가 뭘 오해한 모양이네요. 다행입니다."

"네? 오해는 뭐고, 다행인 건 뭔가요?"

배달기사는 그 자리에 모인 사람들에게 정중하게 사과했다. 선애는 이해할 수 없었지만, 저렇게 정중하게 사과하고 있는 사람에게 차마 화를 낼 수도 없었다.

"정말 죄송합니다. 여기, 이 주문 메시지를 보고 제가 오해를 했나 봐요."

배달기사는 완수에게 치킨을 건넸고, 완수는 치킨 봉지에 붙은 영수증 속 선애의 메시지를 소리 내 읽었다.

[마지막으로 정말 맛있게 먹고 싶습니다. 잘 부탁드립니다.]

완수는 선애를 쳐다봤다. 그리고 너무 어이가 없어서 물었다.

"뭐야? 도대체 왜 이런 말을 썼어? 뭐가 마지막이야?"

선애의 얼굴이 빨개지기 시작했다. 경찰관, 구급대원, 경비 아저씨까지 모두 선애를 쳐다봤다. 선애는 자신에게 쏠린 사람들의 시선이 부담스러웠다. 그대로 고개를 푹 숙인 채 작은 목소리로 말했다.

"다…… 이…….”

“뭐라고? 크게 좀 말해 봐.”

“아, 다이어트라고! 내일부터 다이어트 한다고! 다이어트 하기 전에 마지막으로 진짜 맛있게 먹고 싶다고 쓴 거라고!”

선애의 말에 그 자리에 있던 사람들이 빵 터졌다. 선애의 얼굴은 더 빨개졌다.

“정말 죄송합니다. 괜히 저 때문에.”

선애가 사람들에게 사과했다.

“아니, 그런 말을 거기다 왜 써. 나한테나 말하지.”

완수는 선애가 사과하는 모습에 다시 한번 웃음이 나와서 놀려댔다. 선애는 그런 완수를 째려봤다.

“괜찮습니다. 저희는 아무 일 없다는 게 더 반가우니까요.”

“저도 죄송합니다. 제가 괜한 오지랖을 부렸나 봐요. 정말 죄송합니다.”

배달기사가 구급대원과 경찰관에게 정중하게 사과하자 경찰관은 오히려 손사래를 쳤다.

“아닙니다. 정말 잘해주신 겁니다. 만약에 정말 걱정했던 일이 있었다면, 분명 선생님께서 한 명을 살리신 거니까요. 그러니까 다음에도 꼭 이렇게 해주세요.”

“네, 감사합니다.”

완수는 아내를 걱정해 준 마음과 이곳에 출동한 사람들에게 진심으로 사과하는 배달기사의 모습을 보며 고맙다는 생각이 들었다. 완수가 그에게 다가가 말을 걸었다.

"정말 감사합니다. 저희 집을 이렇게 걱정해 주셔서요."

"아닙니다. 저 때문에 아이가 많이 놀란 거 같아요. 혹시 제가 사탕 하나만 줘도 될까요? 저희 아이 때문에 늘 가지고 다니는 건데, 비싼 건 아니지만 유기농이라 괜찮을 겁니다."

"아! 그럼요. 감사합니다.

배달기사는 조끼 주머니에서 막대사탕을 하나 꺼내 아영이에게 줬다. 아빠 품에만 꼭 매달려 있던 아영이는 배달기사가 내미는 사탕에 금세 얼굴이 밝아지더니 두 손으로 사탕을 받았다. 딸의 미소를 보던 완수는 문득 궁금해졌다.

"혹시 치킨집 사장님이신가요?"

"아니요. 저는 그냥 배달기사입니다. 배달을 가면 주문 메시지를 확인하는데, 너무 걱정돼서 신고부터 했습니다."

"여하튼 진짜 감사합니다. 꼭 다시 뵈었으면 좋겠어요. 통성명이라도 하시죠. 전 완수라고 합니다. 이쪽은 제 와이프 선애고요."

"그럼 좋죠! 전 태호입니다."

상황은 자연스럽게 정리됐다. 경찰관과 구급대원들이 먼저 웃으며 엘리베이터에 탔고, 배달기사와 경비 아저씨도 완수의 가족에게 인사를 하고 엘리베이터로 내려갔다. 완수는 그런 태호를 보며 참 많은 생각을 했다. 바쁘게 배달을 다니면서도 다른 사람의 상황을 살피는 태도, 사탕 하나를 건네면서도 상대방의 마음을 고려하는 그 모습에 참 따뜻한 사람이라는 느낌이 들었다.

완수는 손에 든 치킨의 무게를 가늠하며, 이 난리를 민망해하는 아내에게 장난쳤다.

"자기야! 내일부터 다이어트를 하겠다는 사람이 치킨을 두 마리나 시킨 거야? 거기다 치즈볼까지?"

그리고 완수는 그가 바란 대로 얼마 되지 않아 그 배달기사를 다시 만나게 되었다.

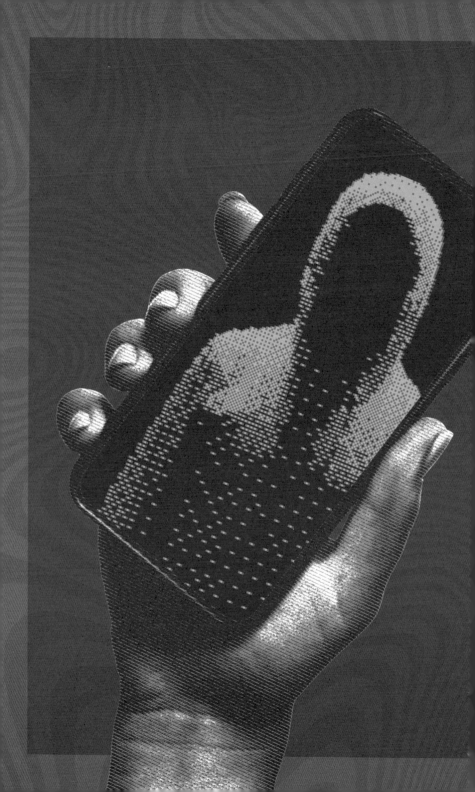

복수는
이렇게
하는
거라고

01
냄새

"엄마! 연호는 입에서 쓰레기 냄새가 나."

유치원에서 돌아온 아율이가 오늘도 선영에게 말했다. 이 말을 처음 들었을 때 선영은 그다지 심각하게 받아들이지 않았다. 아이들에게 양치질시키는 것이 워낙 쉽지 않은 일이기도 하고, 특히 남자아이는 엄마들이 쿨하게 키우는 경우가 많아 그냥 그러려니 하고 넘겼다. 연호네 엄마가 아침에 양치질시키는 걸 힘들어하나 정도로만 생각했다. 하지만 아율이가 연호의 입 냄새에 관해 자꾸 이야기하자 선영도 이상함을 느꼈다.

"연호 입에서 냄새가 많이 나?"

"어. 쓰레기통에서 나는 냄새 같아."

"왜? 연호가 양치질을 안 해?"

"유치원에서 밥 먹고는 하는데, 집에서는 안 하나 봐. 아침에 오면 냄새나.”

“혹시 아율이가 연호한테 그 말 했어? 냄새난다고?”

“아니, 아직.”

“그럼 얘기하지 마. 엄마가 선생님께 얘기할게. 연호가 아율이한테 그 말을 들으면 너무 속상할 수도 있잖아.”

“응, 알았어.”

선영은 아율이에게 그렇게 말하고 그냥 넘겼지만, 참 곤란했다. 일곱 살이 된 아율이는 이제 자신이 하고 싶은 말을 정확하게 하는 편이다. 그래서 아율이에게 듣는 정보들도 꽤 정확하다. 그렇다면 연호가 집에서는 양치질을 하지 않는다는 말인데……. 이렇게 오랫동안 아율이가 연호의 입 냄새 이야기를 한다는 건, 어쩌면 연호가 집에서 제대로 보살핌을 받지 못하는 상황은 아닐까 의심이 들었다. 하지만 그런 생각이 든다고 해서 쉽게 나설 수 있는 문제도 아니다.

“오빠, 연호 알지?”

“알지. 아율이 데리러 가면 놀이터에서 가끔 보니까. 근데 연호는 왜?”

“요즘 아율이가 자꾸 연호 얘기를 해서.”

“왜? 연호가 좋대? 고놈들 벌써 연애하는 거야?”

“아니, 차라리 그런 거면 좀 낫지.”

"그럼 뭔데?"

선영은 망설이다가 선록에게 말했다.

"아율이가 연호 입에서 냄새가 난대."

"뭐?"

선록은 예상치 못한 선영의 말에 웃음이 터졌다.

"왜? 엄마 닮았을까 봐? 당신도 맨날 나한테 하는 말이잖아. 양치 좀 하고 오라고."

"장난 아니야. 이거 좀 심각한 문제 같다고."

슬쩍 장난을 쳤지만 여전히 심각한 아내의 얼굴을 보며 선록은 분위기를 파악했다. 선영은 선록에 비해 훨씬 진중하고 조심스러운 성격이다.

"왜? 뭐가 있어?"

"연호가 집에서는 아예 양치를 안 하는 것 같아."

"아예?"

"아율이 말로는 낮에 유치원에서는 잘하는데, 집에서는 안 하는지 아침마다 입에서 냄새가 난다고 하네."

"매일? 그럼 집에서 부모가 양치질을 안 시킨다는 거잖아."

"그런 거 같아."

선록도 가볍지 않은 문제라고 생각했다. 그렇다고 또 그것 하나만으로 뭔가를 하기에는 애매한 부분이 있다고도 생각했다.

"그런데 남자애고, 부모가 좀 바쁘거나 애가 너무 싫어하면 그럴 수도 있지 않아?"

"그렇기는 하지. 그런데…… 난 좀…… 그게…….."

문득 선록의 머릿속을 스치는 것이 있다. 아율이와 어울리는 연호를 볼 때마다 언젠가부터 눈에 들어왔던 부분이다.

"그러고 보니 나도 좀 걸리는 게 있었어."

"뭔데?"

"손톱!"

"왜? 연호 손톱이 이상해?"

"전에 봤을 때, 한 달은 안 깎아준 것처럼 길었거든. 때도 많이 껴 있고. 근데 생각해 보니까 연호가 그것 말고는 딱히 이상한 게 없잖아. 옷도 더럽지 않고, 눈에 띄게 소심하거나 우울해 보이지도 않아. 항상 밝고 목소리도 큰 거 보면 우리가 걱정할 만한 건 아니지 않을까?"

선영은 선록의 말에 표정이 어두워졌다.

"연호가 밝고…… 목소리가 크다고?"

"응. 왜?"

"당신 연호 아는 거 맞지?"

"당연하지. 내가 아율이 데리러 몇 번을 갔는데."

"근데 진짜 연호가 밝아? 목소리도 크고? 말도 안 돼. 연호 정

1. 냄새 **19**

말 소극적이야. 내가 가서 인사를 하거나 말을 걸어도 제대로 눈도 못 마주치고 어디론가 훅 뛰어가 버린단 말이야. 유치원에서도 그런다고 아율이가 그랬어. 연호는 항상 말도 없고 조용하다고, 체육 시간만 빼고."

선록도 이상한 생각이 들기 시작했다. 자신이 본 연호는 절대 그런 아이가 아니었다. 항상 밝고 쾌활했고, 먼저 와서 인사도 하곤 했다. 만약 선영의 말이 맞다면 연호는 두 얼굴을 가지고 있다. 이유가 뭔지는 몰라도 일곱 살짜리 아이가 너무 다른 두 모습을 보여준다는 건 분명 이상하다.

"방금 자기 뭐라고 했지?"

"연호가 말이 없다고."

"아니, 그다음에."

"체육 시간에는 잘 논대. 제일 시끄럽고 까불거린다고."

"아율이 체육 놀이 선생님 남자분이지?"

"어."

"그럼 혹시…… 연호 편부 가정이야?"

"그런 말은 못 들었는데."

선록이 아동심리를 전문적으로 배운 적은 없지만, 아이들이 조금 이상한 모습을 보일 때는 분명 이유가 있었다. 한동안 아율이가 집에서만 응가를 하겠다고 고집을 피웠던 때는, 마트에서 응가를 했다가 너무 창피하다고 느낀 이후 생긴 습관이다. 아율이가 자꾸 선영 앞에서 엉덩이춤을 췄던 건, 엄마 기분이 아주 많이 안 좋았던 날 아율이가 엉덩이 흔드는 모습을 보고 엄마가 크게 웃은 다음부터다.

연호가 상황에 따라 전혀 다른 모습을 보이는 것도 분명 이유가 있으리라.

"확실하지는 않은데, 내 생각이 맞다면 연호가 집에서 엄마의 보살핌을 받지 못하는 거 같아. 생각해 보면 내가 아율이 많이 봐주지만 그래도 놓치는 부분들이 있잖아."

"그렇지. 머리 묶어주는 거나 양치질이나 손톱……. 아!"

선영도 감을 잡은 듯했다.

"아빠가 아무리 열심히 한다고 해도 잘 안되는 부분들이 있잖아. 보통 위생적인 거지. 아율이 양치도 나는 너무 세게 하니까 아율이가 자꾸 나랑은 안 하려고 하고, 손톱도 나는 잘 못 챙기기도 하고. 그건 내가 누구 손톱 깎아주는 게 겁나서 잘 못해서이기도 한데……. 그런데 그것만 빼면 씻기는 건 같이 샤워하면 되고, 옷도 많이 있으면 어쩌다 한 번씩 세탁기만 돌려도 티 나게 지저분해 보이지는 않겠지. 특히 연호는 남자애라서 머리를 묶어줄 필요도 없고, 솔직히 티 안 나게 기를 수 있잖아."

"그러네……."

"여자인 당신한테는 뭔가 어색하고 불편해하는데, 나나 체육 선생님께는 안 그러잖아. 그 얘기는 연호네 집 주 양육자가 아빠일 가능성이 크다는 거지."

"그럼 연호가 그 아빠에게는 보살핌을 받는다는 거겠네? 그렇지?"

"섬세하게는 아니라도, 적어도 놀아는 주겠지. 나하고도 잘 노는 걸 보면."

선영은 선록의 말에 안심했다. 혹시라도 연호가 집에서 학대를 당하거나 방치된 채 지내는 건 아닌지 걱정했던 거니까.

"그럼 다행이다."

그런데 선록의 마음은 선영과 달랐다. 연호의 현 상황을 생각하면 할수록 뭔가 찜찜했다. 단순히 집에서 엄마 아빠 중에 누가 더 육아의 중심에 있느냐는 문제가 아니라, 아이가 정말 안정적인 환경에서 자라고 있는지는 여전히 의문이기 때문이다.

"그런데 이상하지 않아? 엄마랑 아빠 중 한 명이 육아에 더 적극적일 수는 있어. 연호네 집은 아빠가 전업주부일 수도 있는 거니까. 그런데 아무리 그렇다고 해도, 나머지 부모를 불편해하거나 피하지는 않잖아. 그저 주 양육자를 더 따를 뿐이지."

"그렇지, 보통은."

"그런데 연호는 엄마 또래의 여성을 피하는 것 같잖아. 당신이나 선생님들……. 그건 좀 이상하지 않아? 난 그게 너무 걸리는데……."

선록의 말을 듣고 선영은 연호가 자신의 시선을 피해 미끄럼틀 뒤로 숨던 장면이 떠올랐다. 그때 연호의 얼굴에서는 단순한 수줍음이 아니라 경계와 두려움이 읽혔다. 선영은 머릿속을 가득 채운 생각과 추측들로 머리가 아프기 시작했지만, 한편으로는 아직 어린 아율이의 말 한마디를 너무 깊게 받아들이는 건 아닌지 걱정되기도 했다.

"당신이 좀 알아보는 건 어때? 연호 엄마가 어떤 사람인지. 아니면 연호를 좀 놀러 오라고 해봐. 그래도 나하고는 잘 노니까, 같이 놀다 보면 그래도 뭔가 알 수 있지 않을까 싶은데……."

"많이 걱정돼?"

마음을 찌르는 선영의 질문에 선록은 움찔했다. 왜냐하면 지난 냉동탑차 사건이 떠올랐기 때문이다.

선록은 퇴근길에 화물칸 문에 사람 손자국이 있는 냉동탑차가 폐공장에 들어가는 걸 목격했는데, 며칠 후 폐공장에서 20대 여성 변사체가 발견되었다는 기사를 읽었다. 아내 심부름으로 중고 거래를 하다가 그 냉동탑차를 다시 보게 되었다. 완수는 자신과 몇 번 거래한 사람의 가족이 거래를 하며 만날 때마다 그 가족이 항상 다른 사람으로 바뀌어 있는 게 수상했다. 동네에서 일어난 이상한 일들을 알아보다가, 그 모든 일이 하나의 사건에서 벌어진 것임을 밝혀냈다. 사소한 호기심 때문에 큰일이 밝혀져 온 동네가 시끄러워졌다. 그 일로 여기저기서 칭찬을 듣기도 했지만, 그만큼 비난도 많이 받았다. 그래서 선록은 그 사건 이후로 '다시는 남의 일에 끼지 말자'고 다짐했다.

선록의 마음이 왔다 갔다 하는 이유는 지난 사건을 후회하지는 않기 때문이다. 실제로 많은 사람이 자신의 자리를 찾았고, 새로운 인연도 생겼다. 다시는 그런 일에 휘말리고 싶지 않지만, 그 일을 후회한 적은 한 번도 없다.

선록은 선영의 질문에 답을 해야만 했다. 수많은 고민 끝에 내린 결론이나 각오는 아니다. 그냥 그때 그랬던 것처럼, 지금의 솔직한 심정일 뿐이다. 심지어 이건 내 딸과 같은 나이의 어린아이 문제니까.

"……걱정돼."

"알았어."

선영은 선록의 마음을 알았다. 그리고 같은 마음이었다. 많이 걱정되냐고 물어봤던 질문도, 선록뿐 아니라 자신에게 하는 질문이기도 하다. 그 질문에 선록의 입을 통해 대신 답을 들은 선영은, 우선 자신이 할 수 있는 것부터 해보기로 했다.

"선생님, 안녕하세요. 저 아율이 엄만데요……, 퇴근하셨을 텐데 전화해서 죄송해요."

"안녕하세요, 아율이 어머니. 저희도 회의할 게 있어서 아직 유치원에 있어요. 무슨 일이세요?"

"실은 다름이 아니고요. 저희 아율이가 자꾸 집에 와서 연호 얘기를 해서요."

선영의 입에서 연호의 이름이 나오자 선생님은 당황하는 눈치였다. 선생님이 조심스럽게 선영에게 물었다.

"혹시…… 입 냄새가 난다고 하던가요?"

"예, 맞아요. 제가 선생님들께 뭐라고 말씀드리는 건 아니고, 그냥 좀 오지랖 같긴 한데요. 혹시 연호가 집에서는 좀 어떤가 걱정이 돼서요."

선영의 말에 선생님의 한숨이 이어졌다. 어쩌면 이런 전화가 처음이 아니고, 다른 부모들이 걱정하는 부분을 선생님도 이미 알고 계신 것 같았다. 짧은 한숨 뒤에 조심스러운 선생님의 말이 이어졌다.

"어머님, 이게 저희도 참 쉬운 문제는 아니라서요. 지금도 실은 연호 문제로 회의를 하고 있어요. 우선은 저희가 원 차원에서 좀 잘 해결해 보고 말씀을 드려도 될까요?"

"네, 알겠습니다, 선생님. 이런 말씀 드려서 정말 죄송합니다."

"아닙니다. 어머님이 신경 쓰게 해서 저희가 죄송하죠."

"그런데 선생님 혹시요."

"예, 어머님. 말씀하세요."

"진짜 죄송한데요……."

선영은 꼭 물어보고 싶지만, 차마 입이 떨어지지 않았다. 하지만 이왕 통화한 김에 물어봐야겠다고 마음을 다잡고 다시 조심스럽게 입을 뗐다.

"혹시 연호네가 편부모 가정이거나, 재혼 가정은 아니죠?"

선영은 자신의 질문이 얼마나 무례하고 몰상식한지 알고 있었다. 그리고 이 질문을 받은 사람이 자신을 얼마나 편협하고 차별적인 사람으로 볼 줄도 알고 있었다. 하지만 지금은 자신이 어떻게 보일지에 대한 걱정보다, 연호의 상황을 정확하게 아는 것이 더 중요하다고 생각했다.

그런데 연호의 담임 선생님도 이미 알고 있었다. 선영이 안 좋은 편견을 가지고 물어볼 사람이 아니라는 것을. 그리고 어떤 이유로 궁금해하는지도 말이다. 그래서 선생님은 최대한 정중하게 답했다.

"원칙적으로 원아들의 개인정보는 알려드릴 수 없습니다. 다만 아율이 어머님이 걱정하시는 바에 대해 충분히 공감하기에 살짝만 말씀드리면, 어머님께서 걱정하시는 그런 부분은 아닌 걸로 알고 있습니다."

막상 선생님의 대답을 듣고 나니 선영의 얼굴은 더 화끈거렸다. 하지만 지금 자신들에게는 너무나도 필요한 정보여서 후회하지는 않았다.

"혹시 저희 아율이에게 지장이 있을까 하는 걱정은 절대 아니에요. 아율이가 하도 이야기를 하니까, 저도 괜히 걱정돼서 말씀을 드린 것이고요, 아율이한테도 연호에게 그런 말 하지 말라고 잘 일러두었으니까 너무 신경은 쓰지 마세요."

"아닙니다, 어머니. 이렇게 연락해 주셔서 정말 감사합니다. 아율이가 원에서도 아주 똑똑하고 다정한 아이인데, 역시 어머님을 닮았나 봐요."

"별말씀을요. 정말 감사합니다."

선영은 전화를 끊고 나서 선록에게 통화 내용을 전했다. 선영은 내심 다행이라는 생각을 했지만, 선록의 생각은 또 달랐다. 오히려 가족관계에 아무런 문제가 없다는 말이 더 신경 쓰였다. 왠지 보이지 않는 곳에서 더 크고 나쁜 것이 곪아가고 있다는 느낌 때문이다.

그런 그의 예감은 얼마 가지 않아 현실로 다가왔다.

02

유치원

선영은 오늘 회사에 일찍 출근했다. 임원급 회의 때문에 아침부터 미리 준비할 것이 많았다. 그래서 오늘은 아율이의 등원을 선록에게 맡기고 선영 혼자 서둘러 나왔다.

다행히 회의 분위기는 좋았고, 새벽부터 발표를 준비한 선영의 노력도 빛났기에 본부장은 선영을 칭찬하며 일찍 퇴근시켰다. 그래봤자 겨우 2시간 먼저 가는 거지만, 모두가 사무실에 앉아 있는데 먼저 회사를 나서는 기분은 마치 학창 시절로 돌아가 땡땡이라도 치는 것 같아 묘한 쾌감이 있었다.

퇴근을 준비할 때만 해도 일찍 간다는 사실에 기분이 한껏 고조되었지만, 막상 회사를 벗어나자 딱히 생각나는 것이 없었다. 평소에는 시간만 나면 정말 하고 싶은 것이 많았는데, 막상 그 시간이 생기자 머릿속이 텅 빈 것처럼 멍할 따름이다. 오랜만에 친한 친구를 만나려고 해도 친구들은 모두 회사에 있을 시간이고, 전업주부인 친구들은 먼 곳에 살았다. 그나마 지역이 가까운 조리원 동기들을 만나 차나 마실까 하는 생각도 했지만, 연락은 자주 해도 막상 얼굴을 마주한 적은 너무 오래돼서 그런지 생각만 해도 어색하고 불편할 것만 같았다.

운전석에 앉은 선영은 어디로 갈지 잠시 생각했다. 결국 아율이나 조금 일찍 데리러 가기로 했다.

"내가 아율이 먼저 찾을게."

"왜? 할 거 없어?"

"막상 나오니까 생각나는 게 없네."

"마사지를 좀 받든가, 주말에 갈 피부과를 미리 가든가. 아니면 어디 카페에서 차라도 마시면서 좀 쉬어."

참 신기했다. 자신은 하나도 떠올리지 못했는데 선록은 참 쉽게 생각해 내곤 하기 때문이다. 선록은 항상 그랬다. 평소에는 무심해 보여도, 선영에게 필요한 것이나 선영이 하고 싶다고 무심코 말한 것들을 잘 기억했다. 그래서 가끔은 자기 마음을 잘 모르겠을 때 선록에게 물었고, 그러면 지금처럼 자신이 잊고 있던 것까지 쏙쏙 알려주곤 했다.

선록의 예시 중에 좀 끌리는 것들이 있기는 했지만, 그래도 이왕 아율이를 데리러 가기로 마음먹었으니 아율이에게 가기로 했다.

"됐어. 어차피 시간도 얼마 안 남았어. 아율이 일찍 데리고 나와서 놀이터에서 같이 놀지, 뭐."

선영은 아율이를 데리러 유치원으로 갔다. 엄마가 평소보다 일찍 데리러 와서 반가워할 아율이의 모습을 상상하니 벌써 입가에 미소가 번지기 시작했다. 하지만 그런 선영의 기대와는 달리 유치원에서 기다리고 있던 건 화가 잔뜩 난 엄마들의 모습이었다.

"아니, 원장님. 애들 관리를 대체 어떻게 하는 거예요! 제가 한두 번 말씀드린 게 아니잖아요."

"하은이 어머님, 진정하시고요. 지난번에도 말씀드렸던 것처럼 그게 저희가 막 뭐라고 할 수 있는 게 아니어서요. 저도 이미 몇 번이나 전화로 말씀드리기는 했는데……."

"아니, 그래서요? 우리 애들이 언제까지 피해를 보고 있어야 하는데요? 우리 애가 뭐라는 줄 아세요? 유치원만 가면 자꾸 입맛이 없대요, 입맛이. 그 냄새 때문에."

"세호 어머니, 그럼 제가 등원하면 꼭 양치부터 시키겠습니다. 그러면 세호나 하은이, 민정이도 다 괜찮을 거예요."

"아니, 그걸 왜 선생님이 해요? 선생님이 걔 개인 교사예요? 원래는 그 시간에 우리 애들 챙겨주셔야 하는 거 아니에요? 아니 그럼 막말로, 저희 애도 이제 앞으로 아침에 양치 안 시키고 보내도 되는 거예요? 선생님이 애들 양치 다 시켜주실 거냐고요."

선영은 엄마들이 유치원 입구에 모여 원장 선생님과 담임 선생님에게 소리 지르는 모습을 보고 처음에는 당황했다. 하지만 잠시 들어보니 연호에 대한 말인 걸 알 수 있었고, 대화 자체가 너무 어이없는 내용이어서 도저히 가만히 있을 수 없었다.

"막말 맞네요."

"예?"

선영은 그들의 기를 꺾기 위해 바로 말을 이어갔다.

"저 아율이 엄만데요, 그럼 도대체 원하시는 게 뭔데요? 선생님이 등원하자마자 양치 지도를 해주는 것도 싫다, 그렇다고 가만히 두는 것도 싫다. 그럼 대체 어쩌란 말이죠? 선생님들이 밤마다 찾아가서 얘 양치를 시키고 재우라는 건가요? 아니면 출근길에 들러서 양치라도 시키고 오라는 건가요? 예?"

선영이 강한 어투로 말하자 엄마들은 당황하며 말을 얼버무렸다. 하지만 그래도 지기는 싫었는지, 하은이 엄마가 선영에게 다가가 따지기 시작했다.

"그건 선생님들이 고민해야죠. 그걸 왜 우리한테 물어요? 적어도 그 쓰레기 냄새 나는 애 때문에 우리 애가 피해를 볼 수는 없잖아요!"

"말 가려서 하시죠! 애들이 다 보는데!"

선영은 순간 감정이 격해졌다. 밖이 소란스러워 보이자 선생님이 말리는 데도 아이들 몇이 입구 쪽에 나와 있었는데, 그런 상황에서 연호를 그렇게 말하는 것이 불쾌했기 때문이다. 선영은 하은이 엄마에게 다가가 눈을 마주치고, 낮은 목소리로 한마디 한마디씩 씹어가며 말했다.

"도대체. 아이들이. 무슨. 피해를. 봤는데요?"

하은 엄마는 선영의 포스에 기가 죽어 조금 목소리를 줄였다.

"세…… 세호가 유치원에서는 입맛이 없다고 한다니까요!"

선영은 세호 엄마의 말이 어이가 없었다. 왜냐하면 엄마들이 싸우는 통에 현관 쪽으로 나와 있는 애들 중에 세호도 있었는데, 세호는 그 순간에도 커다란 과자봉지를 든 채 이쪽을 구경하며 아작아작 아주 맛있게 먹고 있었기 때문이다.

"세호 어머니. 저기 좀 보세요. 지금도 세호는 아주 잘 먹고 있는데요? 아율이 얘기 들어보니까 세호가 평소에도 자기 것 다 먹고 친구들 것을 더 달라고 해서, 같은 반 친구들이 많이 나눠준다고 하던데, 못 들으셨나 봐요?"

"아니, 그거야……."

"그리고! 다른 어머니들도 그래요. 유치원은 공동생활을 배우는 곳인데, 여기서부터 자꾸 자기 자식 입장만 내세우면 애들이 뭘 배울까요? 제가 보기에 우리 선생님들은, 엄마들이 이렇게 난리 치지 않아도 다 잘 돌봐주실 분들이세요. 게다가 우리 아이들도 나름 자기들끼리 알아서 잘 어울리고 있고요. 그런데 무슨 걱정들이 이렇게 많아요? 엄마들만 빼면 다들 잘하고 계시니까 적당히 하고 돌아들 가시죠!"

선영은 오늘 임원회의 때문에 평소보다는 더 차려입고 온 지금 자신의 옷차림도 크게 한몫했다고 생각했다. 검은색 바지 정장을 입고 당당하게 서서 따지는 선영의 카리스마에 엄마들은 확실히 기가 눌렸기 때문이다.

그럼에도 아직 분이 풀리지 않은 엄마들은 아무 말도 못 하고 그저 선영만 노려봤다. 이미 상황이 종료됐음을 감지한 선영은 가벼운 묵례만 하고 선생님들에게 갔다. 그리고 일부러 더 정중한 목소리로 말했다.

"선생님, 제가 오늘은 일이 좀 일찍 끝나서 빨리 데리러 왔어요."

"아…… 예……, 아율이 어머니 잠시만요."

담임 선생님은 살짝 당황한 채로 아율이를 데리러 들어갔다. 선영은 현관 앞에서 일부러 그 엄마들을 의식하지 않은 척하며 아율이를 기다렸다. 그때 선영에게 화가 난 엄마들이 들으라는 듯이 빈정거렸다.

"맞벌이하는 거 맞지?"

"예, 그런 거 같아요."

"남편이 얼마를 벌어오길래 맞벌이를 하냐……."

"에휴……, 그러니까요. 여자가 밖으로 도니까 저렇게 독해졌죠. 그냥 우리가 봐줘요……."

큰 소리로 수군대는 엄마들의 대화는 한 글자도 빠지지 않고 선영의 가슴에 와서 꽂혔다. 선영은 자신이 일하는 것에 대해 한 번도 불만을 품은 적 없고, 남편이 무능해서 자신이 일을 해야 한다고 생각해 본 적도 없다. 자신은 꽤 열심히 공부하던 학생이었고, 취업도 치열하게 준비했다. 그렇게 어렵게 들어온 직장을 여자라는 이유로 그만두고 싶지 않았을 뿐이고, 아율이를 핑계로 포기하는 모습을 딸에게 보여주기도 싫었다.

그런데 그런 자신의 신념과 노력을 하찮게 만들어 버리는 말을 도저히 참을 수 없었다. 아율이를 봐서라도 적당히 넘어가자던 아까의 다짐은 어느새 사라지고 없다. 감정이 폭발한 선영은 이미 그녀들을 향해 걷고 있었다.

"저기요! 뭐라고요!"

그때 갑자기 발목까지 오는 긴 트렌치코트를 입은 큰 키의 여성이 또각또각 하이힐 소리를 내며 런웨이 위를 걷듯 우아하고 당당하게 그들 사이를 지나갔다. 화려한 액세서리에 까만 선글라스까지 낀 그녀는, 선영과 엄마들의 싸움 따위에는 관심도 없다는 듯 유치원 현관 쪽으로 유유히 걸어갔다. 그녀의 외모와 걸음걸이는 이미 그 자체로 아우라여서, 마치 그 주변의 시간만 느리게 가는 듯했다.

그녀가 등장하자 모두 행동을 멈췄다. 마치 일시정지 버튼이 눌린 것처럼. 그녀는 그런 상황이 익숙하다는 듯 그들의 시선 따위는 신경 쓰지 않고 낮고 차분한 목소리로 원장 선생님에게 말했다.

"연호요."

순간 선영과 엄마들은 놀랄 수밖에 없었다. 솔직히 지금 이 상황의 원인은 연호다. 아니 연호의 부모다. 연호의 부모가 아이에게 양치질을 잘 시키지 않아서 생긴 소동이고, 그래서 선영이 그녀를 대신해 다른 엄마들과 싸움이 났는데, 정작 그녀는 내 알 바 아니라는 듯 고고하게 등장한 것이다.

더 재미있는 건 연호의 행동이었다. 엄마를 닮았는지 연호는 이런 상황이 익숙하다는 듯 무표정으로 걸어 나왔고, 모두 자신만 쳐다보고 있는 상황 속에서도 아무런 동요 없이 천천히 신발을 신더니 엄마 옆에 가서 섰다. 그대로 가려나 싶던 연호는 갑자기 뒤로 돌아 담임 선생님에게 조금 작은 목소리지만 또박또박 말했다.

"안녕히 계세요. 그리고 선생님, 오늘부터는 제가 자기 전에 꼭 양치질하고요, 아침에도 꼭 양치하고 올게요."

그 모습을 지켜보며 선영은 웃음이 났다. 밖에서 어른들이 다투던 것쯤은 아무것도 아니라는 듯 무표정하게 인사하는 연호의 모습도 재미있었고, 자신들이 뭐라도 되는 양 선생님들에게 갑질하러 출동한 엄마들의 벙찐 모습노 웃겼다.

무엇보다도 가장 시원했던 건 연호 엄마의 말이었다. 시크하고 당당한 걸음으로 그 여자들 앞을 지나던 그녀는 모두가 들으라는 듯 딱 한마디 남겼다.

"남자들이 오죽 못났으면 이런 것들이랑 살까?"

참던 웃음이 터져버렸다. 때마침 신발을 신던 아율이가 뛰어오는 바람에 선영은 아율이를 안았고, 아율이를 보고도 실실 웃음이 나왔다. 정말 사이다 1.5리터짜리를 원샷한 것만큼 속이 뻥 뚫리는 기분이었다. 반대로 다른 엄마들은 분을 삭이지 못해 씩씩거렸고, 유치원 선생님들의 얼굴엔 왠지 모를 웃음이 배어 있었다. 저 앞에서 엄마 손을 잡고 걸어가는 연호의 뒷모습을 흐뭇하게 보던 선영은, 갑자기 이상한 느낌이 들었다.

그들은 아율이와 자신처럼 다정하게 손을 맞잡고 있지 않았다. 연호 엄마가 연호의 손목을 일방적으로 쥐고 있는 것처럼 보였다. 연호는 손을 많이 떨었고, 엄마의 보폭에 맞추기 위해 종종걸음을 걸었다. 연호 엄마는 연호의 손목을 쥐고 있을 뿐, 연호의 불편함에 눈길조차 주지 않았다. 그러다 연호가 갑자기 뒤를 돌아 선영이 서 있는 쪽을 봤다.

"어? 연호 또 우네?"

선영의 옆에 있던 아율이가 말했다. 순간 선영은 자신이 잘못 들은 줄 알았다.

"뭐?"

"연호 또 운다고."

마음 같아서는 그 자리에서 아율이에게 많은 걸 물어보고 싶었지만, 저 엄마들의 귀에 들어가는 건 원치 않았다. 기껏 자신이 연호에 대해 참견하지 말라고 이야기했는데, 이런 부분이 다시 문제가 된다면 앞으로의 일들이 걱정됐기 때문이다.

선영은 바로 아율이를 품에 안고 차로 뛰었다. 뛰는 내내 머릿속에서는 연호의 표정만 반복 재생되었다. 그렇게 선영이 차에 도착했을 때, 아율이를 안고 뛰어서 그런 건지 아니면 지금 자신이 느낀 그 감정 때문인지 모르겠지만, 심장이 미친 듯이 뛰고 있었다.

03

아율

선영은 머릿속이 터질 것만 같다. 사소하게 시작된 이 문제가 점점 부정적인 상상을 부채질했기 때문이다. 선영의 머릿속에서 연호는 이미 아동학대를 당하는 아이였고, 가해자는 엄마다. 그 엄마는 같은 성인도 꼼짝 못 할 만큼 엄청난 카리스마를 뿜어댄다. 그런 엄마 앞에서 아무 말도 못 하고 고개만 숙이고 있는 연호의 서글픈 모습이 자동으로 그려진다.

답답한 마음을 잠시라도 잊고자 선영은 아율이에게 말을 걸었다.

"아율아, 오늘 유치원에서 잘 놀았어?"

"응."

"뭐 하고 놀았는데?"

"오늘은 체육 선생님 와서, 농구도 하고 태권도도 했어."

"그래? 그럼 누구랑 놀았는데?"

"오늘은 민정이랑 연호랑."

"오늘 연호는 냄새 안 났어?"

"체육 선생님은 오후에 와서 괜찮아. 그리고 연호는 농구도 잘하고 태권도도 잘해!"

"그래? 근데 아율아. 아까 연호가 또 운다는 게 무슨 말이야? 예전에도 운 적 있어?"

"어. 연호는 엄마만 오면 울어!"

"진짜?"

"어! 연호는 아빠가 데리러 오면 신나서 방방 뛰는데, 엄마가 오면 맨날 울어."

연호 생각을 지우기 위해 아율이와 대화를 시작했는데, 어느새 또 연호 얘기를 하고 있다. 아율이의 말을 듣고 있으니 선영의 심장이 다시 두근거리기 시작했다.

"왜 그럴까? 아율이가 물어본 적 있어?"

"물어본 적은 없는데……."

선영은 그 순간 선록의 말이 떠올랐다. 집에서 엄마의 보살핌을 받지 못하는 아이……. 엄마에게 어떤 일을 당하고 있어서 엄마 또래의 여성을 거부할 수도 있다는 말……. 연호의 눈에서 본 눈물이 선록의 말을 더욱 신경 쓰이게 만든다.

중요한 건 지금 연호를 위해 무엇을 할 수 있는가다. 만약 이게 모두 사실이라 해도 선영이 할 수 있는 건 없다. 아이가 엄마와 친하지 않다는 이유로 그 가정을 조사해 줄 기관은 어디에도 없을 것이다. 그때 아율이가 더 이상한 말을 했다.

"물어본 적은 없는데, 근데, 연호는 엄마가 밥을 안 준대."

"뭐? 밥을 안 준다고?"

"엄마는 맨날 샐러드랑 과일만 주고, 연호는 맨날 맨날 아빠 오기만 기다린다고 그랬어! 그래서 가끔 아빠가 오기 전에 잠이 들면 아침에 일어나서 엄청 배가 고프대. 그런 날은 연호가 점심밥을 세호보다 훨씬 많이 먹어! 이~~만큼이나 먹어."

선영은 연호의 상황을 들으면 들을수록 가슴이 답답해졌다. 아직 어린 아율이가 하는 말을 모두 믿을 수는 없겠지만, 평소에 하는 말이나 행동을 보면 그래도 대부분은 사실일 것이다. 그렇다면 지금 자신이 들은 정황만으로도 연호 엄마는 연호를 학대하거나 방임하고 있다고 볼 수 있다.

선영의 마음은 더욱 복잡해졌다. 선영은 연호 가족에 대해 잘 모르고, 연호의 상태도 정확하게 알고 있지는 않다. 게다가 이런 상황에서도 연호 아빠만큼은 연호를 돌보려고 애쓰고 있다는 느낌이 들었다.

그래서 자신이 어딘가에 신고를 하고 이 상황을 알리는 게 과연 최선일까 하는 의구심이 들었다. 자신이 용기 내 신고한다고 해도, 연호에게 지금보다 더 나은 환경이 만들어질 것이라는 기대 감이 없었다. 아마도 얼마 전 TV에서 본 아동학대 관련 시사 고 발 프로그램의 영향일 수 있다. 우리나라에서는 양육의 문제가 아 직은 가족 간의 일이라 여겨지고 있고, 학대가 실제로 밝혀진다 해도 피해 아동을 적절하게 보살펴 줄 기관이 부족하다는 내용이 었다. 괜히 건드려서 아빠와도 분리된다면 그건 정말 최악이다.

선영은 착잡한 마음으로 조용히 운전만 했다. 집에 도착했을 때 갑자기 생각났다는 듯이 아율이가 말했다.

"엄마, 연호네 이사 간대. 그래서 좀 있으면 이제 유치원에 안 다닐 거라고 그랬어!"

이웃이나 아이의 친구가 이사를 가는 건 흔하다. 아율이도 유 치원 친구와의 이별을 이미 몇 번 경험했다. 연호의 경우는 아주 많이 신경이 쓰이긴 하지만, 걱정만큼 큰일만 아니라면 차라리 새 로운 곳에서 다시 친구들을 사귀는 것도 좋겠다는 생각이 들었다.

하지만 선영이 주목한 건 이사를 간다는 말이 아니라, 유치원 에 나오지 않을 거라는 부분이었다. 보통 초등학교 입학을 앞두고 는 이사를 잘 가지 않는다. 선영은 시한폭탄을 보고 있는 기분이 들었다. 그들이 이사 가기 전까지 연호의 문제가 무엇인지 알아내 야만 그 폭탄이 터지지 않을 것만 같았다.

선영은 집에 들어가자마자 아율이가 좋아하는 애니메이션 채널을 틀어주고 방으로 가서 선록에게 전화했다.

"오빠! 연호네가 이사 간대. 그래서 연호가 유치원에 안 올 거래. 근데 연호는 다른 유치원도 안 간대."

선록도 그 이야기를 듣자마자 선영과 같은 생각을 했다. 어쩌면 심각한 상황일지도 모르겠다는 촉이 왔다. 아무도 모르게 아이를 학대하던 부모가, 유치원 친구들을 통해 그 사실이 조금씩 알려지자 새로운 곳으로 가서 더 심한 학대를 한다는, 상상도 하기 싫은 스토리가 떠올랐다.

"아율이가 그러는데, 연호는 엄마가 데리러 오면 자꾸 울고, 집에 가도 엄마가 밥을 안 줘서 아빠가 올 때까지 기다린대. 항상."

선록은 확신했다. 분명 일어나서는 안 될 일이 일어나고 있다. 그들의 현관문 안에서 일어나는 일이라 외부인은 알기 힘든 음습한 일이.

무슨 일이든 해야만 한다고 생각했다. 막을 수만 있다면, 그 아이를 구해 낼 수만 있다면 어떻게든 최선을 다해 구해야 한다고 생각했다.

선록은 흥분한 선영을 진정시키며, 자신은 최대한 냉정하게 생각하려 노력했다. 평소에는 덜렁거리고 실수가 잦다고 선영에게 핀잔을 듣는 선록이지만, 이런 상황에서만큼은 누구보다 차분해진다.

지금 당장은 무엇을 어떻게 해야 할지 판단이 서지 않았다. 심증이 가는 부분이 너무 많다. 그런데 그중 어느 것 하나 확실한 건 없다. 일곱 살짜리 딸아이의 증언이 거의 전부다. 어설프게 움직여서 건드렸다가는 오히려 더 꼭꼭 숨어버릴 수 있다는 우려도 있다.

"아율이 좀 바꿔줘."

한참 영상에 빠져 있던 아율이었지만, 아빠 전화라는 말에 표정이 바뀌며 반갑게 달려온다.

"아빠아!"

"아율아, 유치원 잘 다녀왔어?"

"어! 나 아이스크림!"

"알았어, 사 갈게. 아빠가 연호에 대해 물어볼 게 좀 있는데, 연호가 입 냄새가 심하게 나?"

"응. 아침에 오면 인사를 하는데, 그때 입에서 냄새가 나."

"그럼 점심 이후에는 괜찮고? 양치질을 안 하려고 하지는 않아?"

"응, 점심 먹고는 잘해, 양치질. 다 같이 하니까. 선생님이 주면 잘해. 근데……."

"근데?"

"연호 칫솔은 꽃 같아."

"꽃? 꽃 모양이야?"

"아니, 칫솔이 꽃처럼 활짝 폈어."

선록과 선영은 잠시 무슨 말인지 의아했지만, 이내 오래된 칫솔을 떠올렸다. 칫솔모가 바깥으로 휜 것을 아율이가 꽃이라고 이야기한 것이다. 아율이의 표현력에 감탄하며 칭찬할 타이밍이었지만, 선록과 선영에게 지금은 연호의 상태 파악이 더 중요했다.

"그리고? 집에서 밥을 잘 안 준대?"

"엄마는 맨날 맨날 샐러드만 준대. 그래서 연호는 유치원에서 주는 야채도 싫어해."

"엄마가 데리러 오면 울고?"

"바로 우는 건 아닌데, 엄마가 데리고 갈 때마다 보면 맨날 울고 있어."

"이사는 언제 간대?"

"몰라. 몇 밤만 자면 금방 간다고 했어."

"아율아, 혹시 연호가 어디 아프다고 하거나 몸에 멍이나 상처가 있거나 하지는 않아?"

선록은 이 말을 하면서 심장이 두근거렸다. 딸에게 이런 질문을 한다는 것도 마음이 편치 않았지만, 혹시라도 자신들이 우려하던 답을 들을까 봐 겁이 났다. 또한 이런 질문이 아율이에게 더 큰 자극이 되어 나중에라도 이 상황이 트라우마로 남을까 걱정도 되었다. 하지만 지금은 연호의 구호가 최우선이라며 마음을 다잡았다.

"아니, 그런 건 없는데. 체육 선생님하고 씨름하다 다리에 멍이 든 적은 있어. 그리고 가끔 배나 허벅지를 긁기도 하고."

"그렇구나."

"그리고 연호는 검은색을 좋아해."

"검은색?"

"어. 유치원에서 소풍 나갈 때마다 흰색 강아지도 보고, 금색 강아지도 보는데, 연호는 맨날 다 검은색이라고만 말해."

이것도 뭔가 이유가 있을 것이라는 생각이 들었다. 검은색은 보통 아이들이 좋아하지 않는 색이다. 아이가 자라면 자랄수록 자기 성별에 맞는 색을 좋아하게 되는 경우가 많은데, 검은색이나 회색 같은 무채색을 좋아하는 경우는 거의 없다. 그런데 일곱 살짜리 아이가 검은색이라니…….

폭행 흔적이 없다는 건 정말 다행이라고 생각했다. 하지만 그것을 제외하더라도 연호가 당하고 있는 행위들은 이미 아동학대나 방치를 의심할 수 있는 부분이 상당하다. 선록이 알고 있는 내용을 아율이에게 다시 물어본 건 아율이의 말을 녹음하기 위해서였다. 아이들의 특성상 혹시라도 나중에 위압적인 분위기가 되면 다른 말을 할 가능성이 있다. 그래서 선록은 자연스럽게 내용들을 확인하고 기록을 남기기 위해 딸과 통화했다.

선영의 전화를 받고 잠시 차를 세웠던 선록은 이제 전화를 끊고 출발하려 했다. 그때 아율이가 한마디를 더 했다.

"근데 아빠, 연호 이사…… 저기로 간대. 우리 집 앞에…… 꼬꼬닭 우는 데."

"뭐?"

아율이의 말을 듣고 있던 선영은 놀라서 창가로 달려가 창문 밖을 내다봤다. 그곳에는 허름한 한옥이 한 채 있고, 마당이 훤히 내려다보이는 그 집의 커다란 개집과 좁은 닭장도 눈에 들어왔다. 선영은 그 집을 보면서 불길한 느낌이 들었다.

선록은 아율이의 말을 듣자마자 처음 이사 온 날이 떠올랐다. 새로 지은 아파트 단지와는 어울리지 않는 오래되고 낡은 한옥 한 채. 아파트 단지와 겨우 길 하나를 두고 있었기에 11층에 사는 그들에게는 대문 안까지 모두 보였다. 토지 보상금을 많이 받기 위해 알 박기를 한 걸로 의심되는 집이기도 하고, 아침마다 그 집 닭이 우는 바람에 신도시로 이사 왔지만 시골 사는 느낌이라 첫인상이 그리 좋지 않았다. 그리고 알람으로 지정한 시간보다 이른 꼬끼오 소리에 깨는 것도 여간 스트레스가 아니었다.

아파트 관리사무소에서 민원을 넣었는지 아니면 자신들의 계획이 틀어져서 포기한 건지는 알 수 없지만, 1년쯤 지난 후부터는 닭 소리가 덜 들리기 시작했다. 그 뒤로는 산책을 나가며 슬쩍 본 적은 있어도 크게 관심을 두지는 않았다. 그런데 그곳으로 연호가 이사를 간다는 것이다.

　아율이와 연호가 다니는 유치원은 아파트 단지 부속 건물에 있다. 연호가 어디 사는지는 모르지만, 같은 유치원에 다니니 같은 단지 사람이겠거니 했다. 그런데 저 한옥으로 이사를 간다고? 연호네 경제 사정은 알 수 없지만, 이 근처 땅값이 많이 올라서 그 한옥은 결코 아파트보다 싸지는 않을 것이다. 그런데 그런 낡고 불편한 한옥으로 굳이 이사를 간다? 심지어 그 집은 아파트 단지와 바로 붙어 있어서 딱히 유치원을 관둘 이유가 없다. 그러니까 이사를 핑계로 유치원을 가지 않기에는 너무 가까운 곳이다. 선록과 선영의 머릿속은 더 복잡해졌다.

　아율이에게 전화를 건네받은 선영에게 선록은 이렇게 말했다.

　"우리 과수원 가자."

　선록은 더 이상 부부끼리 고민해서 어떻게 할 수 있는 상황이 아니라고 생각했다. 도움이 필요했다. 선영도 선록의 말이 무슨 뜻인지 바로 이해했다. 그녀도 지금은 그 방법밖에 없다고 생각했다. 그래서 이유도 묻지 않고 답했다.

"그래."

그렇게 선록과 선영은 또다시 무거운 숙제를 안고 과수원으로 향했다.

04

명품

선애는 신이 났다. 지금 선애를 설레게 하는 것, 손에서 핸드폰을 떼지 못하게 하는 것은 바로 감귤마켓 앱이다. 한때는 하루 종일 감귤마켓만 보며 알림 소리만 들어도 흥분하던 완수의 행동이 꼴 보기 싫었는데, 지금은 완수가 왜 그랬는지 이해가 갔다. 감귤마켓에 자신이 너무나 갖고 싶었던 명품가방이 올라왔다는 알림에 세상이 달라 보일 지경이다.

선애는 평범한 워킹맘이다. 평소 명품을 자주 사는 편도 아니고, 패션에 대단한 투자를 하는 사람도 아니다. 가끔 해외여행을 갈 일이 있을 때 봐두었던 가방을 면세점에서 산다거나, 파격적으로 세일하는 아울렛에 가서 시즌이 지난 옷을 사는 정도다.

오늘은 아영이 책을 좀 사려고 들어간 어플에서 자신이 너무 갖고 싶었지만 단종되어 사지 못했던 명품백을 발견했다. 심지어 사용감도 거의 없는 새것을!

"자기야, 대박! 감귤에 그 백 올라왔어. 나 신혼여행 때 꼭 사고 싶어서 엄청 돌아다녔는데 결국 못산 거!"

"진짜? 그거 단종된 거 아냐?"

"그렇지! 그러니까 감귤에 뜬 거지!"

"얼만데? 비싸?"

"아니! 이백만 원!"

"뭐? 그거 면세점에서도 삼백만 원이라고 하지 않았어?"

"맞아. 그런데 거의 사용도 안 한 거라는데 이백만 원이야."

"그럼 바로 사!"

역시 감귤마켓의 생리를 잘 알고 있는 완수는 자신에게 말하는 동안 다른 사람이 먼저 채갈지도 모른다는 걱정이 앞섰다. 선애는 완수에게 호들갑을 떨기 전에 이미 채팅을 걸었다.

[감귤!]

선애와 완수가 호들갑을 떨며 대화를 나누는 사이에 판매자에게서 연락이 왔다. 그 귀여운 알림 소리에 심장이 뛰기 시작한 선애는 떨리는 손으로 어플에 들어갔다.

[구매 가능합니다. 대신 제가 약속을 정하고 만나는 게 좀 어려워서요. 주소 말씀해 주시면 문고리에 걸어두고 벨 누르겠습니다.]

[예? 그럼 돈은요?]

[돈은 물건 확인하시고 보내주세요. 어차피 제가 주소를 아니까요. 전 상관없거든요.]

[아 예. 알겠습니다.]

선애는 갖고 싶다는 마음이 앞서서 상대방이 하자는 데로 다 동의했다. 하지만 다시 생각하니 뭔가 찜찜했다. 우선 상대방이 자신의 집 현관 앞까지 온다는 사실이 좀 걱정됐고, 고가의 물건임에도 불구하고 쿨하게 문 앞에 두고 간다는 사실도 이상했다.

그리고 가장 의심스러운 부분이, 단종은 됐지만 사람들 사이에서 여전히 인기가 많아 중고로라도 사고 싶어 하는 사람이 줄을 서 있는 이 가방을, 시세보다 훨씬 낮은 가격에 판다는 점이었다.

"혹시 짝퉁은 아니겠지?"

"그런 거 요즘 감별해 주는 곳 있지 않아? 혹시 모르니 감별 받아보고 입금해도 되는지 물어봐."

선애는 완수의 말처럼 하는 것이 좋겠다고 생각했다. 조금 귀찮아도 확인을 하는 게 좋을 것 같다는 생각이 들었기 때문이다.

그래서 선애는 상대방에게 조심스레 메시지를 보냈다.

[혹시 가품은 아니죠?]

선애는 막상 문자를 보내고도 걱정이 이만저만이 아니었다. 정말 가품은 아닌지. 아니면 뭔가 흠이 있는 건지. 진짜 정교하게 가짜를 만드는 공장이 있다는데, 알고 보면 다 거기서 보내는 건 아닌지. 사실 그것보다 가품이냐고 물어서 기분이 나빠진 판매자가 거래를 하지 않겠다고 하는 게 더 아쉬울 것 같긴 했다.

한참이 지나서야 답이 왔다.

[제가 영수증 사진을 안 올렸네요. 4년 전에 백화점에서 산 거고요. 품질보증서랑 영수증, 박스까지 다 있습니다. 정품 맞아요. 믿으셔도 되고요. 거래하신 후에 혹시라도 가품이라 고 하면 제가 환불해드릴게요.]

[그럼…… 왜 파시는지 여쭤봐도 되나요?]

상대방에게 온 자세한 답변이 선애의 불안한 마음을 어느 정도 해소해줬다. 말한 대로 품질보증서와 영수증, 박스까지 다 보관하고 있다면 가짜일 확률은 낮으니까. 심지어 자신이 제품을 직

52

접 확인하고 입금하는 것이어서 부담도 크지 않았다. 다만 너무 큰 금액이어서 그런 건지, 아니면 너무 좋은 조건이어서인지, 여전히 이상하게 불안한 마음이 드는 것은 사실이었다. 그래서 상대방에게 왜 파냐고 물어본 것인데, 답장은 또 한참이 지나도 오지 않았다.

너무 답답했던 선애는 같은 동네에 살고 있는 조동(조리원 동기)에게 전화를 걸었다.

"너 혹시 감귤에서 명품도 산 적 있어? 나 감귤에 내가 진짜 사고 싶던 백이 나왔길래 얼떨결에 산다고는 했는데, 이런 데서 몇백만 원짜리를 사려니까 겁이 나네."

"너 벤 잡았구나? 감귤에서 거래하기로 한 사람 아이디 좀 봐봐."

선애는 조동의 말에 바로 어플에 들어가 자신과 거래한 사람을 확인했다. 정말 아이디가 'Ben'이었다.

"어떻게 알았어?"

"나도 한번 잡은 적 있거든, 벤."

"그게 무슨 소리야?"

"이거 진짜 잘 말 안 해주는 건데……. 요즘 우리 동네 감귤마켓에 명품이 자주 올라오거든? 각종 명품백들부터 시작해서 액세서리나 주얼리, 시계까지 올라오는데 하나같이 진짜 완전 핫한 것들만 올라오는 거야. 심지어 시세보다 훨씬 싸게 파는데 사용감도 거의 없고, 품질보증서에 백화점 영수증, 박스랑 쇼핑백까지 완벽하다니까? 우리 동네 사람들 사이에서 난리가 난 거지. 근데 그걸 파는 사람이 한 사람인 거야. 너도 한번 봐, 그 사람 거래 목록."

선애는 조동의 말에 바로 벤의 거래 목록을 봤다. 30건 넘게 남아 있는 거래 목록은 마치 인터넷 면세점을 보는 듯했다. 정말 그녀의 말처럼 가방부터 시작해서 시계, 주얼리랑 액세서리까지 온갖 핫한 아이템으로만 가득했다.

신기했다. 도대체 뭐 하는 사람이기에 이렇게 많은 명품을 가지고 있고, 또 왜 굳이 다시 파는 것인지……. 심지어 헐값에. 막상 이런 생각이 들자 아까 자신의 질문에 답이 없는 그가 더 수상하기도 했다.

"장난 아니지? 그래서 난리가 난 거야. 처음에 산 사람들 반응도 대부분 너랑 비슷했어. '이걸 믿어도 되나? 가짜 아냐? 도대체 이걸 왜 파는 거지? 우리 집 주소는 왜 물어보는 거야?' 하고."

"맞아, 맞아."

조동은 그런 선애의 반응이 귀엽다는 듯이 계속 말을 이어 갔다.

"그래서 그거 들고 압구정동에 중고로 팔려고 가본 사람도 있어. 근데 자기가 벤한테 삼백만 원 주고 산 걸 거기서 삼백육십만 원에 매입하겠다고 했대. 그 얘기까지 동네 사람들한테 소문이 나니까 더 난리가 난 거지. 그때부터는 감귤에 그 사람이 언제 물건 올리나 다들 기다리게 되고, 그게 나름 엄청 치열해서 그 사람하고 거래한 사람들을 두고 '벤 잡았다'는 말까지 생긴 거지."

"도대체 이런 사정을 어디서 들었어?"

"나도 너랑 똑같아. 처음에 뭣도 모르고 감귤에 진짜 사고 싶던 백이 떠서 혹시나 하고 샀다가, 가품 아닌지 걱정돼서 미연이한테 물어봤는데 걔가 다 말해주더라고."

"미연이도 산 거야?"

"말도 마! 걔는 네 번이나 잡았어. 걔는 처음에 하나 사고 나서 눈이 번쩍 뜨여서 언제 올라오나 그것만 보고 있던데? 아마 네가 샀다고 하면 아쉽다고 난리 날걸?"

"그럼 그냥 그 사람한테 얘기해서 더 팔 거 있냐고 물어보면 되는 거 아냐?"

"안 해봤겠니? 그런데 자기는 너무 바쁘다고 했대. 자기가 바빠서 따로 만나 거래할 시간도 없고, 집에서 팔아 달라고 하면 파는 거라고 했다는 거야. 그러니까 미연이는 또 '올리기 전에 자기한테 보내라, 웬만하면 자기가 다 사겠다'고 했는데도 그렇게 누군가한테 먼저 연락을 주고 할 시간도 없으니 알아서 사라는 거지."

"대단하다."

"아는 거야. 자기가 지금 싸게 팔고 있다는 것도 알고, 사람들이 자기 물건을 사고 싶어 한다는 것도 알고. 그러니까 그렇게 배짱으로 거래를 하지. 근데 실은…… 내가 좀 찜찜한 게 있었거든."

"뭔데?"

"이거 어디서 훔친 거 아닌가 해서."

"영수증이 있는데 어떻게 훔쳐?"

사용감이 거의 없는 새것 같은 중고 명품이 시세보다 훨씬 저렴한 가격에 거래된다면 장물이 아닌지 의심되는 게 당연하지만, 백화점 영수증이 있다고 하면 그것까지 의심할 수는 없었다.

무언가 찜찜한 느낌에 선애는 아쉽지만 이건 안 사는 게 좋겠다는 생각이 들었다. 거래를 취소하기 위해 조동과 전화를 끊으려는 순간, 집 인터폰이 울렸다.

"잠깐만 나 누가 온 거 같아. 나중에 전화할게."

"나중에 산 거 한번 보여줘. 알았지?"

선애가 전화를 끊고 거실로 나왔더니, 인터폰 소리를 듣고 현관 앞에 나갔다 온 완수가 손에 명품 브랜드의 쇼핑백을 들고 자신에게 흔들어 보였다. 선애가 어떻게 해야 할지 고민하는 사이 휴대전화에서 알림 소리가 들렸다.

[감귤!]

선애는 그 소리에 깜짝 놀랐다. 한때는 가슴 뛰게 하는 반가운 소리였는데, 지금은 마음속에 이상한 불안감이 있어서 그런지 불길하게 들렸다.

[물건 보시고 이상 없으면 입금 부탁드립니다.]

가방은 사진으로 봤던 것처럼 아주 상태가 좋았고, 마음에 쏙 들었다. 선애는 이 모든 의심을 묻고 재빨리 돈을 보낸 후 모른 척 들고 다닐까 생각도 했다. 이번 한 번만 사고 다음부터는 벤의 물건을 안 사면 되니까……. 그런 마음도 잠시, 자신은 지금 그토록 원하던 가방을 갖게 되었다는 기쁨보다 찝찝하고 불안한 마음이 더 크다는 걸 느꼈다.

"오빠, 있잖아."

"왜? 마음에 안 들어?"

"아니 완전 마음에 들어."

"그런데 왜?"

"그래서 더 찝찝해. 이렇게 이쁜 아이를 왜 제값도 안 받고 팔았을까?"

"그게 좀 이상하기는 하지."

"이거 파는 사람이 이 동네 감귤마켓에서 유명하대. 이렇게 완전 핫하고 비싼 명품들만 싸게 파는 걸로. 파는 방식도 항상 같아. 집 앞에 직접 물건을 가져다주고 간다는 거야. 물건 확인하고 돈은 나중에 보내달라고."

"안 그래도 그거 물어보려고 했어. 이 비싼 거를 돈도 안 받고 그냥 걸어두고 갔다고? 그럼 당신도 지금 돈 안 주고 이 가방을 받은 거야?"

"어!"

완수는 좀 이상하다고 생각했다. 누구보다 감귤마켓 거래를 많이 했다고 자부하는 자신도 처음 듣는 거래 방식이었기 때문이다. 구매자 입장에서는 손해 볼 일이 전혀 없다. 정말 제품에 자신이 있고, 가격이나 거래 때문에 스트레스를 받기 싫으면 그럴 수도 있다는 생각은 했지만, 한두 건이 아니라 몇십 번이나 그렇게 팔았다는 건 도무지 이해가 가지 않았다.

"아마 남편인가 보네."

"뭐가?"

"판매자 말야. 명품에 대해 잘 모르는 사람이 제값 모르고 파는 거 아닐까?"

"그럼 이게 혹시 장물이거나 그런 쪽은 아니겠지?"

"진짜 훔친 물건이면 이렇게 동네에, 그것도 꾸준히 팔 리는 없겠지. 업자한테 한 번에 다 넘기지 않을까?"

완수의 말에 선애의 표정이 다시 밝아졌다. 찜찜함이 다 날아간 기분이 들었기 때문이다. 가방이 담긴 박스에는 품질보증서, 구매 영수증까지 담겨 있었다. 의심이 풀린 선애는 바로 벤에게 입금을 하고, 입금했다는 메시지도 보냈다.

완수는 선애가 말한 판매자 아이디를 자신의 휴대전화에 넣어 벤의 판매 목록을 살펴봤다. 30개가 넘는 품목들을 살펴보자니 뭔가 이상한 느낌이 들었다. 딱히 뭐라고 하기 어려운 찜찜함이었다. 완수는 벤이 올린 물건들을 이미지 검색으로 하나씩 확인하고, 자신의 휴대전화 메모장에 기록했다.

이제 막 자기 것이 된 가방을 한참 이리저리 메보던 선애도 완수 옆에 앉더니 물었다.

"왜? 뭐 하는데?"

"아니, 그냥 좀 이상한 것 같기도 해서……."

"뭐가?"

"이 사람이 물건을 판 순서."

"순서?"

"우리가 보통 쓰지 않는 물건을 정리한다고 하면, 제일 먼저 뭐부터 할까?"

"오래되고 안 쓰는 것부터 하겠지. 패션이면 유행 지나고 이제는 안 쓰는 것부터."

"그게 당연한데, 벤이 판매한 물건은 다 핫한 물건이야. 출시 날짜 차이가 꽤 커. 오래된 건 10년 가까이 된 것도 있고, 바로 작년에 나온 것도 있어. 그런데 판매 순서가 대강이라도 오래된 것부터이거나 더 비싼 것부터가 아니라, 그냥 막무가내로 팔고 있다는 느낌이지. 마치 손에 잡히는 걸 대충 파는 것처럼."

"그냥 그럴 수도 있잖아. 보통은 잘 안 쓰는 걸 파니까."

"맞아. 그럴 수도 있어. 특히 명품이 이렇게 많은 사람이라면 우리가 예민하게 받아들이는 걸 수도 있겠지."

조금 긴장했던 선애는 완수의 말을 듣고는 별거 아니라는 생각이 들었다. 물론 완수의 말처럼 중고거래를 할 때 당연히 오래된 물건부터 팔거나, 아니면 고가의 물건이니만큼 진짜 돈이 필요하다면 비싼 물건부터 파는 것이 일반적이라고 생각한다. 하지만 그렇지 않다고 해서 그게 딱히 수상한 행동은 아니기 때문이다.

안심한 선애는 소파에 앉아 가방을 살펴봤다. 완수는 선애가 그러는 동안에도 여전히 앱에서 판매 리스트의 물건들을 검색하고 있었다. 그런데 그때, 선애가 가방 안쪽 주머니에서 작은 폴라로이드 사진을 하나 발견했다.

"오빠, 여기 사진이 있네?"

"그래? 줘봐."

선애가 건넨 사진 속에는 한 여자가 화려한 건물의 로비에서 포즈를 취하고 있었다. 멋진 옷을 입은 그녀는 전체적으로 굉장히 화려하고 도도한 모습인데, 왠지 모르게 낯이 익었다. 하지만 누군지는 떠오르지 않았다. 그 여자의 몇 걸음 뒤에는 어색하게 다른 곳을 보고 서 있는 한 남자도 있었다. 순간 완수의 목소리가 커졌다.

"어! 이 사람!"

"왜? 아는 사람이야?"

완수는 확신에 찬 눈으로 선애를 봤다. 선애도 다시 한번 사진을 보더니 누군가가 떠올라서 소리쳤다.

"어? 이 사람!

태호

완수가 태호를 다시 만난 건 선애의 치킨 소동이 있은 지 한 달쯤 후의 일이다. 진짜 다이어트를 시작해서 그런 건지, 아니면 그날의 민망함 때문인지 모르겠지만, 그래도 일주일에 한 번은 시켜 먹던 야식을 꽤 오랫동안 자제하고 있었다. 하지만 육아 퇴근 후 야식의 유혹은 쉽사리 끊어 낼 수 없었고, 비가 부슬부슬 내리는 날에 머릿속에 들어온 매콤한 불족발은 너무나 강한 상대였다.

"불족발."

"발 냄새."

"뭐야?"

"끝말잇기 아니었어?"

완수는 괜히 장난을 치고 싶은 마음에 너스레를 떨었다.

"불족발 먹고 싶다고!"

"마지막으로?"

"야!"

완수의 장난에 선애가 욱했다. 다른 방에서도 들릴 만큼 큰 소리였지만 다행히 아영이는 깨지 않았다. 완수는 웃으며 사과했고, 화가 나서 안 먹겠다는 선애를 겨우 달래서 불족발을 시켰다. 1시간쯤 지나자 기다리던 초인종이 울렸다. 1층 현관에서 벨을 누른 배달기사를 인터폰 화면으로 확인한 완수는, 얼굴이 다 보이지 않았지만 그가 태호임을 직감했다.

내심 태호를 다시 한번 보고 싶었던 완수는 반가운 마음에 바로 엘리베이터 앞으로 가서 기다렸다. 마침 1층에서 올라오던 엘리베이터가 7층이 되어서 멈췄고, 태호도 예상하고 있었다는 듯이 완수를 보고 환하게 웃었다.

"반갑습니다. 안 그래도 한 번 더 만나고 싶었는데."

"저도 반갑습니다. 안 그래도 예전에는 일주일에 한두 번씩은 왔던 것 같은데, 주문이 통 안 들어오길래 괜히 저 때문인가 신경이 쓰이기는 했어요."

"아닙니다. 그냥 이번에는 다이어트가 좀 오래 가는 것뿐이에요. 오늘로 또 끝이지만요."

"오지랖 같지만, 사모님께서는 굶는 다이어트보다는 근력을 좀 기르시는 게 더 도움이 될 거예요. 여성분들은 먹는 걸 줄여서 빼려는 경우가 많은데, 그건 풍선에 바람을 불었다 뺐다 하는 거랑 똑같은 거거든요. 건강하게 빼려면 그 풍선의 두께가 두꺼워져야 해요. 그게 근육이고요."

"완전 전문가신데요? 전공이 그쪽인가요?"

"아뇨, 예전에 주로 하던 일이 몸매 관리에 대해 잘 알아야만 하는 일이어서요. 대강만 알아요."

완수는 태호의 친절함과 오지랖이 마음에 들었다. 아마도 자신이 사회에서 만나는 수많은 사람과는 다른 성향이기에 태호에게 더 끌리는 것 같았다.

완수가 직장 생활을 하며 만나는 대부분의 사람은 태호보다 친절하고 태호보다 젠틀하다. 하지만 직장인 연차가 늘면 늘수록 느끼는 거지만, 그들의 매너는 냉정한 관계의 연장선일 뿐이다. 사회에서 만나는 사람들은 이해관계를 통해 움직인다. 사람들의 친절에는 모두 이유와 목적이 있고, 그것이 사라지면 그들의 친절은 무관심과 무시로 변했다. 겉으로는 너무나 좋은 관계였지만, 결국 이면에서는 서로 간의 이해관계가 얽혀 있는 것이다.

그런데 완수는 태호에게서 그런 계산을 느끼지 못했다. 이유나 목적이 없는 친절과 배려. 그런 그의 모습에 완수는 그와 더 깊게 교류하고 싶다고 생각했다.

"저 진짜 실례인 줄을 알지만, 연락처 좀 알려주시면 안 되나요? 나중에 술이라도 한잔하시죠.”

“정말 괜찮아요. 그렇게 안 하셔도 돼요. 무슨 술까지 사세요.”

“어? 제가 산다고 했나요?”

“아!”

태호는 순간 민망한 표정을 지었다. 완수는 그때를 기회라 생각하고 바로 자신의 폰을 내밀었다. 태호는 그렇게까지 적극적으로 나오는 완수를 더 이상 밀어낼 수 없었다.

“근데 제가 진짜 바빠서 시간 맞추기가 쉽지 않아요.”

“제가 쉬워요. 저야 뭐 퇴근하면 집에 와서 기껏해야 게임이나 하니까요. 걱정하지 마세요.”

그렇게 완수는 태호의 연락처를 받았다.

3일 후, 오토바이가 고장 나서 배달 일을 공치던 태호는 망설이다가 완수에게 연락했고, 그들은 완수의 아파트 단지 치킨집에서 간단히 맥주 한잔하기로 했다.

완수가 먼저 와서 자리를 잡고 기다렸다. 얼마 지나지 않아 태호가 문을 열고 들어왔는데, 라이더 조끼에 헬멧을 쓴 모습만 보다가 일상복 차림의 태호를 보니 확실히 달랐다. 베이지색 슬랙스에 검은색 셔츠를 입고 온 그는 머리도 단정하게 세팅하고 아주 멋스러운 운동화를 신었다. 전체적으로 깔끔하고 멋진 그의 스타

일링은, 나름 우리나라에서 가장 큰 대기업이라는 자신의 직장에서도 보기 힘든 모습이었다. 키도 크고 마른 편이라 얼핏 보면 쇼핑몰 모델 같다는 느낌도 들었다.

"이렇게 입으시니 다른 사람 같은데요?"

"그런가요?"

"나쁜 뜻은 아니고요. 평소에는 이렇게 다니시는구나 해서요."

"그렇죠. 일할 때야 굳이 차려입을 필요 없으니까요."

완수와 태호는 치킨을 안주로 맥주를 마시기 시작했다. 처음에는 다소 어색했지만, 서로 동갑이라는 사실을 알고 나서부터 둘의 대화는 아주 즐겁게 이어졌다. 시간이 지날수록 마시는 술의 양도 늘어갔고, 그만큼 허물없는 친구처럼 편해졌다. 학창 시절 이야기, 군대 얘기, 사회생활 이야기까지 자연스럽게 이어졌다.

"그래서 너, 결혼은 언제 했냐?"

"뭐…… 그게 중요하냐?"

"난 그게 제일 중요한데. 인생이 아예 다른 차원으로 넘어가는 거잖아."

"그런가?"

"애는 있다고 했잖아?"

"뭐…… 그게 중요하냐?"

"이 사람 보게! 완전 중요하지. 아이가 태어나는 건 새로운 우주가 생기는 건데! 그리고 그 우주를 온전히 내가 들고 있어야 하는 거고!"

"그렇긴 하지."

"그럼 넌 뭐가 중요한데?"

"별. 별이 중요하지, 나한테는……."

"별? 너 천문학자나 그 비슷한 일 해?"

"나한테는 아직 별이 중요해. 반짝이든 반짝이지 않든."

완수는 태호의 말을 이해할 수 없었다. 하지만 이 대화가 즐거웠다. 어느새 또래 친구들은 다들 떠나서 동네에 친구도 거의 없고 회사 사람들과는 공적으로만 지내서, 최근에는 누군가와 이렇게 편하게 술을 마셔본 적이 없다. 그래서인지 평소 자신의 주량보다 적게 마셨지만, 평소보다 많이 취했다.

"그래서 너! 배달 일 하는 거야? 그 별 때문에?"

"어떻게 알았냐?"

"그냥 처음에 널 봤을 때도 뭔가 사연이 있다는 생각은 들었어. 다른 기사님들이랑은 달랐으니까."

"뭐가?"

"일이 주는 묵은 때가 없어, 너는. 보통 그렇게 사람 상대하는 일을 오래 한 사람들은 사람에 대한 감정도, 관심도 없어지거든. 뭔가 영혼이 없는 느낌. 기계적으로 사람을 대하고 선을 긋는 느

5. 태호   **67**

낌. 그런데 넌 그게 아니야. 그래서 생각했지. 이 일을 오래 한 건 아니구나."

"아닌데. 나 꽤 오래 했는데……."

"그래? 근데 오늘 보니까 너 그래. 넌 뭔가 지금보다는 더 근사하게 살았던 것 같아."

완수의 술주정에 태호는 조금 씁쓸한 미소를 지었다.

"근사하게 사는 건 뭔데?"

"몰라, 나도. 내가 왜 몇 번 보지도 않은 너한테 이렇게 마음이 가는지. 그리고 이렇게 말도 안 되는 실수를 하고 있는지. 근데 말야……."

완수는 말을 하다 잠시 멈추고 태호를 바라봤다.

"그날 네가 우리 와이프 자살할까 봐 경찰에 신고하고, 그리고 나서도 서둘러 뛰어와서 우리를 봤을 때, 그 표정에서 뭔가 간절함이 느껴졌어. 얼굴도 모르는 이웃의 안전을 걱정하는 정도가 아니라, 진짜 누군가를 간절하게 생각하는 것 같은 느낌이 들었어. 실례가 아니라면, 아니 내가 이미 말실수를 했다면 좀 묻자! 너 뭐 하는 사람이야?"

태호는 직접적인 완수의 질문에 살짝 당황했다. 누군가에게 이렇게 근본적이고 솔직한 질문을 받아본 적이 언제였던가. 그리고 이 질문에 간단하게 답하지 못하는 자신이 싫었다. 태호는 맥주잔을 비우고는 완수를 보며 말했다.

"밤에는 배달 대행 기사. 낮에는 퀵도 하고, 가끔 노가다도 좀 뛰어. 택배도 잠깐 했는데 너무 힘들고 돈이 안 돼서 지금은 안 해. 그냥 돈 되는 건 뭐든지 다 하는 편이지. 뭐 이렇게 하는 게 많은 지……. 답이 너무 지저분하네."

"혹시 사업하다 망한 거야? 내 주변에도 그런 사람 많아. 대학 졸업하고 스타트업 하겠다고 뭉쳐 다니던 사람들, 그중에 99%는 다 망해서 다시 취업하기도 하고, 전공이랑 상관없는 장사를 하기도 하더라고. 너처럼 배달 대행이나 대리운전하는 사람도 많아. 네 직업을 폄하하려는 건 아니야."

"차라리 망한 거면 홀가분하기라도 하지……."

태호는 자꾸 말을 하다가 삼켰다. 그런 태호가 답답한 완수는 남은 잔을 비우고 태호의 것까지 생맥주를 시켰다.

"너 때문은 아니구나."

"뭐?"

"네가 이렇게 사는 거. 너 혼자 잘살겠다고 하는 건 아닌 거 같아서."

완수의 말에 태호는 또 말문이 막혔다. 완수에게는 태호의 입이 커다란 댐에 난 구멍을 혼자 막고 버티는 작은 소년의 팔뚝 같았다. 저 안에 언젠가는 터져버릴 묵직한 감정이 가득 차 있는 것 같은데, 그게 터지지 못하게 막고 있는 것 같았다. 태호는 잠시 멍하게 있더니 조용히 카운터로 향했다. 그러고는 메뉴판에 있는 순살 치킨 한 마리와 샐러드 두 개를 포장해 달라고 했다. 그 모습을 바라보던 완수는 조금 큰 목소리로 말했다.

"누구 갖다주게? 나도 순살로 반반 하나만 포장해 주라! 오늘은 내가 계산할 테니까, 너도 많이 시켜! 더 시켜!"

그 뒤로 완수와 태호는 몇 잔을 더 마셨다. 다행히 대화는 우울하게 흘러가지 않았다. 자기들이 좋아하는 게임 얘기로 주제가 바뀌더니 레벨과 아이템 얘기를 하다가 조만간 PC방에서 다시 뭉치자는 말만 100번쯤 했다.

완수의 기억에 남은 그날의 마지막은, 술 때문에 몸을 가누지 못하는 자신을 현관 앞까지 데려다주고, 선애가 민망해할까 봐 초인종도 누르지 않고 서둘러 돌아가는 태호의 뒷모습이었다. 그리고 순살 반반 치킨과 숙취 해소 젤리, 아영이가 좋아하는 사탕까지 들어있는 봉투가 자신의 손에 쥐어져 있었다. 그 봉투가 태호의 성격을 대변하는 것만 같았다.

그 뒤로 갑자기 바빠진 완수는 회사 일 때문에 태호와 며칠 동안 연락 한 번 못 하고 지냈다. 그러다 의외의 장소에서 그의 얼굴을 마주한다. 바로 선애가 산 명품백에서 나온 사진에서 말이다.

"이 사람 얼굴이 익숙한데……."

"태호……."

"누구지? 오빠 친구 중에 그런 이름이 있었던가?"

"당신 살려준 그 배달기사……."

"뭐? 진짜? 이 사람이 그 사람이라고?"

완수의 머릿속은 복잡해졌다. 돈을 위해서 밤낮없이 열심히 일을 하는 배달 대행 기사. 그리고 일을 하지 않을 때는 남다른 패션 센스가 꽤 근사한 남자. 다이어트에도 뭔가 전문적인 지식이 있는 것 같은 사람. 그런데 아무리 술을 마셔도 자신의 개인사는 절대 말하지 않는 이제 막 친해진 친구. 그리고 아내가 거래한 중고 명품백에서 나온 화려한 차림의 여자 뒤에 서 있는 사진 속 남자. 이 모든 인물이 태호다. 완수는 갑자기 가슴이 떨리기 시작했다.

06
명품시계

사무실.

일하다 잠시 기지개를 켜던 완수는

선애의 가방에서 나온 폴라로이드 사진 생각이 났고, 그날의 기억을 하나씩 정리해 보았다.

태호와 술을 마시던 날, 그에게 받은 인상은 평소의 배달 복장과 달리 깔끔하게 잘 차려입은 모습 때문이라고 생각했다. 하지만 지금 돌이켜보니 그가 걸치고 있던 것들이 모두 고급스러워 보였다. 완수는 워낙 그런 쪽에 관심이 없어서 브랜드를 알 수는 없었지만, 그런 자신이 보기에도 그의 차림은 보통이 아니었다. 그래서 명품에 빠삭한 김 대리에게 물어봤다.

"김 대리야. 좀 투박하고 울룩불룩하게 생긴 신발인데, 전체적으로 다 검은색이고, 옆면 조금 밑 부분에 흰색으로 B로 시작하는 단어가 적힌 신발이 혹시 비싼 거야?"

김 대리는 완수가 대충 말한 것만으로도 태호가 신었던 신발을 휴대전화로 찾아내서 보여줬다.

"혹시 이거예요?"

"너 이걸 어떻게 이렇게 바로 찾아? 대박인데?"

"이 정도야 뭐. 근데 이거 한 백만 원쯤 해요."

"명품이야?"

"명품이죠. 근데 요즘에는 중고생들도 많이 신어요."

"그럼, 검은색 셔츠데 앞은 멀쩡하고 아무 로고도 없는데, 뒷면에는 뭔 사방에 화살표 같은 게 크게 그려져 있거든?"

"이거죠?"

완수의 말이 다 끝나기도 전에 태호가 입고 있던 셔츠를 바로 찾아내서 보여줬다.

"어!"

"이것도 비싼 건데, 이건 한 120은 할 걸요? 근데 이런 건 왜요? 과장님 이런 거 관심 없잖아요?"

"누굴 좀 만났는데, 기억에 남길래."

"부자 친구 만났나 보네요. 남자가 옷까지 명품으로 입고 다니기 쉽지 않은데……. 어! 그 사람 시계는 뭐 찼어요? 생각나요?"

그날의 기억을 되짚어봤다. 태호가 분명 시계를 차기는 했는데, 뭔가 눈에 확 띄거나 화려하지는 않았던 것 같다.

"시계는 평범한 거 같던데? 좀 작은 사각형 메탈 시계였어."

"혹시 이거예요?"

김 대리는 뭐가 신났는지 금세 또 바로 시계를 찾아서 보여줬다. 태호가 차고 있던 시계랑 비슷해 보였다.

"맞는 거 같아."

"대박! 과장님, 이거 삼천만 원 넘어요. 진짜 비싼 시계라고요!"

완수는 얼이 빠졌다. 자기 집에 배달왔던 태호는 알고 보니 엄청난 부자였다. 그런데 부업으로는 감귤마켓에 중고 명품을 팔고 있다. 처음에는 돈 되는 일이라면 다 한다고 해서 혹시 중고 물품 거래를 부업으로 하는 건 아닐까 했는데, 말도 안 되는 일이다. 태호는 명품들을 시세보다 훨씬 저렴하게 팔았다. 선애의 말에 따르면 강남 중고상에 가서 팔아도 마진이 남을 수준이라고 했다. 그렇다면 정상적인 거래로는 도저히 수익을 낼 수 없다는 말이 된다.

"그럼…… 정말 장물인가?"

김 대리 앞에서 완수는 자기도 모르게 혼잣말을 했다.

"이런 시계는 훔쳐도 못 팔아요. 일련번호도 다 있고, 누가 샀는지도 기록이 다 남거든요. 만약에 케이스나 보증서가 없으면 사

74

주는 데도 잘 없어요. 심지어 이런 유명한 모델들은 우리나라에 몇 개 있는지도 본사에서 다 아는데, 괜히 어설프게 팔려고 했다가는 바로 철컹철컹이예요."

김 대리의 말도 맞지만, 완수가 그 명품들이 절대 장물은 아닐 것이라 생각하는 건 오히려 태호가 하는 다른 일들 때문이다. 절도나 사기같이 다른 사람의 재물로 쉽게 살아가는 사람들은 절대 몸이 힘든 일을 하지 못한다. 아무리 요즘 배달 일이 돈을 잘 번다고들 해도, 그가 차고 다니는 명품시계 하나만 잘 훔쳐서 팔아도 몇 달을 고생한 품삯과 같기 때문이다. 태호는 너무 성실하게 살고 있다. 그는 절대 남의 물건에 손을 대지는 않을 것이라는 확신이 들었다.

"그럼 도대체 뭐지?"

완수의 머릿속은 점점 더 복잡해지기 시작했다. 그때 선애에게서 전화가 왔다.

"오빠! 나 벤 또 잡았어!"

"뭐? 뭐라고?"

"이번에는 옷이야! 나 지난번에 예능 볼 때, 이미나가 입고 있던 트렌치코트 갖고 싶다고 했잖아! 그런데 글쎄 그게 딱 뜬 거야! 심지어 반값도 안 돼! 그래서 바로 말 걸었는데, 내가 잡았어!"

완수는 순간 등 뒤로 식은땀이 흐르기 시작했다. 지난번 폴라로이드 사건 후, 혹시 벤이 또 물건을 올리면 자신에게 바로 알려 달라고 아내에게 당부하긴 했다. 그런데 이번에는 옷이다. 태호가 감귤마켓에 옷을 팔기 시작한 것이다.

중고거래에 대해 잘 모르는 사람들은 아무렇지 않겠지만, 나름 몇 년 동안 집중해서 중고거래를 해온 완수에게 옷을 파는 것은 좀 다른 시그널이라는 생각이 들었다.

태호가 처음에 그 벤이라는 존재에 대해 이상하다고 생각을 한 것도 바로 판매 순서 때문이다. 어떤 이유가 되었던 간에 가지고 있는 물건을 팔아야 하는 순간이 오면, 일반적으로 우선순위라는 것이 생긴다. 즉 자신이 팔아야겠다고 생각하는, 혹은 팔릴 만한 물건부터 정리해서 우선순위를 정한다. 그럼 보통은 오래된 것, 비싸지 않은 것부터 팔게 된다.

그런데 벤은 그게 아니었다. 가격이나 출시 연도가 뒤죽박죽이었다. 손에 잡히는 것들을 무작위로 팔아댄 것처럼……. 그 와중에도 카테고리는 넘어가지 않았다. 즉 액세서리, 주얼리, 가방처럼 꼭 필요하지는 않은 것들, 사치품에 가까운 것들이라는 공통점은 있었다.

그런데 옷은 다르다. 아무리 비싼 옷이라고 해도 옷은 우리가 보통 사치품이라는 인식보다는 생필품, 즉 생활에 필요한 것이라는 인식이 강하다. 그래서 생각보다 중고로 옷을 거래하는 경우는 많지 않다. 심지어 아무리 비싼 옷이라 해도 중고 옷은 그렇게 좋은 값을 받지 못한다. 그런데 이제 그가 옷을 내놓기 시작했다는 것은 무엇인가 변화가 생기기 시작했다는 의미이기도 하다.

"혹시 그거 말고 다른 것도 많이 올렸어?"

"어, 어제오늘 패딩이랑 카디건도 팔았더라. 다 사고 싶었던 거긴 한데, 좀 과하지?"

"혹시 애들 옷도 팔아?"

"아니."

완수는 아이 옷은 안 판다는 말에 확신이 생겼다. 태호에게 아이가 있다는 말이 진실인지는 모르겠지만, 그래도 내심 아이 옷도 팔고 있기를 바랐다. 왜냐하면 상대적으로 아이들 옷은 파는 경우가 많기 때문이다.

기본적으로 아이들이 빨리 크다 보니 생각보다 많이 입히지 못하고 시기를 놓치는 경우도 많고, 선물 받은 옷들도 아이마다 성장 속도가 다르다 보니 한 번도 못 입혀보고 계절을 넘기는 경우도 있다. 그럴 때 딱히 물려줄 가족이나 친척이 없다면 중고거래로 파는 경우가 많다.

하지만 성인 옷은 다르다. 선물 받은 옷이거나 해외 직구로 저렴하게 샀는데 사이즈가 안 맞아서 어쩔 수 없이 파는 경우를 제외하면, 대부분은 정말 웬만해서는 입던 옷을 팔지도 않고, 중고 옷은 많이 사 입지도 않는다.

완수는 느낌이 좋지 않았다. 태호에게 전화해서 그날의 술자리에서처럼 직접 물어볼까 생각도 했다. 솔직하게 물어본다면 꽤 시원한 답을 들을지도 모른다는 기대를 했다. 하지만 완수는 그러지 않기로 했다. 만약 그가 자신과 오랜 친구라면 고민도 하지 않았을 것이다.

"야! 너 지금 뭐 하는 건데? 왜 집안에 물건을 싹 내다 팔아?"

하지만 태호와는 그런 관계가 아니다. 자신의 일방적인 호감으로 시작된 아주 얇은 관계, 그마저도 자신의 추측으로 인해 찜찜한 의심이 가득한 상태다. 자신이 전화를 한다고 해도 무슨 말을 어떻게 해야 할지도 모르겠고, 그가 어떻게 받아들일지도 모르겠다.

그냥 이 모든 걸 모르는 체하고 예전처럼 지내는 것도 한 방법이다. 하지만 완수는 이마저도 할 수 없다. 왜냐하면 술자리에서 태호가 자신에게 했던 그 농담 같은 말들이, 아직도 완수의 머릿속에 떠다니기 때문이다.

"누군가가 죽는다는 건 정말 소름 끼치게 무서운 일이야. 난 정말 내 주변에서는 일어나지 않았으면 좋겠어. 절대!"

"그렇지. 나도 정말 싫어."

"그런데 그것보다 더 무서운 게 뭔 줄 알아?"

"뭔데?"

태호는 거기까지만 말하고 더 이상 아무 말도 하지 않았다. 자연스럽게 다른 주제로 이야기가 흘러간 것 같기도 하고, 그렇게 그 자리가 마무리되었던 것 같기도 하다. 그런데 이상한 건 완수의 기억에 단편적으로 태호의 말이 남아 있다는 것이다.

"누군가가 죽기를 기다리는 일."

어느 대화의 어떤 맥락으로 그 말이 나왔는지는 기억나지 않지만, 그저 그 문장만이 선명하게 완수의 기억 속에 남았다. 그리고 그 말이 지금 완수가 생각하고 있는 이 모든 일들과 연관 있을 것 같다는 생각이 머릿속을 떠나지 않았다.

완수는 또 이상한 일이 생겼다고 생각했다. 그리고 이 일은 자기 혼자서는 절대 해결할 수 없다는 느낌도 들었다. 더 이상 지체할 필요는 없다. 지금 가족의 힘이 필요하다.

"선애야, 우리 과수원 가자."

샤인머스캣

그 여자가 또 왔다. 벌써 몇 년째, 샤인머스캣이 익어가는 계절이 되면 어김없이 과수원에 찾아온다.

처음 그 여자가 과수원에 온 건 큰사위인 선록이 자신의 아파트에 샤인머스캣 홍보 글을 올린 다음 날이었다.

[안녕하세요. 2205동에 살고 있는 새신랑입니다.

저희 장인어른께서 이 근처에서 과수원을 하고 계십니다.

주로 포도 농사를 지으시는데, 수확된 포도를 어디에 납품하는 게 아니고 찾아오시는 분들께만 판매하기 때문에 안 익은 포도를 미리 따지 않고, 잘 익은 것들만 그 자리에서 바로 따서 판매하십니다. 그래서 진짜 싱싱하고 맛있어요.

한 번 드셔 보시면, 다른 포도 절대 못 드십니다. 진짜 보장합

니다. 우리 아파트와 멀지 않으니 산책 삼아 놀러 오시면 포
도도 직접 드셔 보시고 살 수 있어요. 오셔서 저희 아파트라
고 말씀하시면 더 많이 드리라고 제가 옆에서 펌프질 좀 하겠
습니다. 혹시라도 저의 처갓집 충성이 불쾌하셨다면 사과드
립니다.

약도는 밑에 장인어른 장모님 연락처와 함께 첨부하겠습니
다. 정말 감사합니다.]

선록이 장가를 오고 나서 그다음 해부터 아파트 입주민 카페
에 과수원 홍보 글을 올리기 시작했고, 그 덕에 과수원 고객의 반
이상이 선록의 이웃 주민들이 되었다.

그 여자도 그때쯤부터 오기 시작했던 것 같다. 처음에는 검은
색 외제 차를 끌고 와서, 높은 하이힐을 신은 채 기우뚱거리며 과
수원으로 내려오던 그 여자는, 포도를 맛보고는 그 자리에서 바로
5kg짜리를 10박스나 사 갔다. 처음에는 좀 많이 산다고 생각은
했지만, 단체로 주문하는 경우가 종종 있어서 유별나다고는 생각
하지 않았다. 처음 10박스를 사 간 이후 거의 매일 다섯 번을 오
더니, 매번 10박스씩 사 갔다. 결국에는 포도가 다 팔리고 나서야
더 이상 오지 않았다.

이듬해에도 그 여자의 방문은 계속되었다. 여전히 매번 5kg짜

리 포도를 10박스씩 사 갔고, 장인과 장모의 고맙다는 말에 항상 무표정한 얼굴로 묵례만 하곤 돌아갔다.

3년 전부터는 그 여자의 방문이 달라졌다.

몇 년 전부터 새로 심었던 샤인머스캣이 드디어 나무에 열리기 시작했고, 판매할 정도의 물량이 나오지는 않았지만 가족들이 나누어 먹거나, 자주 오는 지인들에게 맛 보일 정도는 수확이 되었다. 특히 샤인머스캣이라는 포도가 원체 비싼 품종이고 흔하지 않던 시기여서, 와서 먹어 본 사람들은 매우 좋아하곤 했다. 그 여자도 그 시기에 포도를 사기 위해 자주 왔다. 장인과 장모는 당연히 그 여자에게도 샤인머스캣을 먹어보라고 권했다.

"이거 우리가 내년부터는 팔 것 같은데, 새로 나온 품종이거든요."

"샤인머스캣……."

"이 포도를 아세요? 이거 아직 우리나라에서는 많이들 모르던데? 드셔 보셨어요?"

"예, 예전에요."

"저희도 올해 첫 수확이라 맛이 얼마나 들었는지는 모르는데, 우선은 지금 좀 드셔 보시고 괜찮으면 내년에 많이 팔아주세요."

그 여자는 항상 끼던 선글라스를 벗고 샤인머스캣 한 알을 따서 입에 넣었다. 그리고 눈물을 글썽이며 웃었다. 장인과 장모는 갑자기 눈물을 보이는 그녀의 반응에 당황했지만, 몇 년 만에 처음으로 보는 밝은 모습에 걱정보다는 마음이 따뜻해짐을 느꼈다.

"맛이 어때요?"

"진짜 맛있어요. 정말 최고네요. 제가 원래 단 과일을 안 좋아하는데, 샤인머스캣은 처음 먹어보고 너무 맛있어서 깜짝 놀랐었거든요. 그래서 이거 진짜 비싼데도 하루에 한 송이씩은 꼭 먹었어요."

"언제요? 이거 우리나라에 들어온 지 얼마 안 됐는데……."

"일본에서요. 제가 일본에 좀 오래 있었거든요. 입덧할 때 이게 그렇게 먹고 싶었는데……. 진짜 아무리 찾아도 없었거든요. 근데 여기서 이걸 먹게 될 줄은 진짜 꿈에도 몰랐어요."

"맛있다니 다행이네요. 우리가 다 기분이 좋네요."

그 여자는 샤인머스캣을 먹더니 수다쟁이가 되어버렸다. 몇 년 동안 보여줬던 그 도도하고 차가운 이미지는 완전 다 사라졌고, 장인과 장모에게 수다를 떨면서 참 야무지게도 샤인머스캣을 먹었다. 어느새 장모가 씻어서 내온 샤인머스캣을 세 송이나 먹어 치웠고, 여자는 뽈록 나온 자신의 배를 만지며 환하게 웃었다.

"어떡해요. 제가 너무 많이 먹었죠? 이거 제가 계산할게요. 얼마 드리면 돼요?"

"아니에요. 이건 아직 파는 것도 아니고, 내가 맛보라고 준 거잖아요. 괜찮아요.”

“아니에요. 이게 얼마나 비싼 건데요. 이거 일본에서도 제일 비싼 과일이었어요.”

“지금은 파는 거 아니라니까. 그리고 그동안 우리 포도 팔아준 게 얼만데 돈을 어떻게 받아. 내가 몇 송이 더 싸줄 테니까 가지고 가서 가족들하고 더 먹어요.”

돈을 받지 않겠다는 장모의 단호함과 잘 먹으니 오히려 더 싸줄겠다며 봉지에 벌써 담고 있는 장인의 고집에 여자도 결국 두 손을 들었다. 그녀는 샤인머스캣 봉투를 든 채 떠밀리듯이 과수원에서 나왔고, 그다음 날 그녀는 그전과는 다른 아주 편한 복장으로 다시 과수원을 찾았다. 그녀의 손에는 백화점에서 산 한우 세트가 들려 있었고, 극구 사양하는 장인과 장모의 눈앞에서 자기 마음도 알아달라며 포장을 뜯어버렸다.

그 뒤로 그녀는 수시로 과수원에 비싼 음식을 사 와서 어르신들과 식사를 했고, 후식으로 샤인머스캣을 몇 송이씩 먹고 가곤 했다.

2년 전부터는 기존의 캠벨 포도 대신 샤인머스캣을 거의 쓸어 가듯이 사 가곤 했다. 올 때마다 덤으로 그 자리에서 두세 송이씩은 먹어 치웠다. 장인과 장모는 언제부터인가 밝은 표정으로 자신들의 과수원을 찾아주는 그녀가 고마웠다. 여전히 어딘가 모르게

84

도도하고 차가운 느낌을 숨길 수는 없었지만, 그래도 자신들에게는 항상 살갑게 대하며 포도를 엄청 팔아주는 그녀가 이제 단순한 단골이 아닌, 그 이상의 정이 쌓인 가족 같은 느낌도 들었다.

그런데 그런 그녀가 올해는 왠지 보이지 않았다.

수확시기만 되면 매년 찾아오던 손님이었다. 전화로 주문하는 일도 없이 항상 그 자리에서 현금으로 결제하던 사람이었기 때문에 연락처를 물어본 적도 없었다. 장인과 장모는 서로 말은 하지 않았지만, 내심 그녀가 오지 않는 것을 궁금해하고 있었다. 하지만 그렇다고 해서 나서서 할 수 있는 일은 없다.

그렇게 예년 같았으면 벌써 왔을 시기를 한 달이나 지나 샤인머스캣 수확량이 점점 줄어들 때쯤, 그녀가 갑자기 찾아왔다. 1년 만에 온 그녀의 모습은, 몇 년 전으로 다시 돌아가 있었다. 근사하게 차려입은 옷차림에 과수원과는 어울리지 않는 모자와 선글라스, 구두까지 신고, 마치 다른 사람인 양 차가운 표정과 딱딱한 말투도 예전 그대로였다.

장인과 장모는 처음 봤던 그 모습이어서 낯설지는 않았지만, 작년까지 그들이 봤던 밝은 모습과는 너무 달라서 어떻게 대해야 할지 어색했다.

"오랜만이야. 올해는 왜 이렇게 늦게 왔어. 벌써 샤인머스캣 많이 팔았는데."

"예······. 제가 올해는 일이 좀 있어서요. 혹시 이제 못 사나요?"

"아니야. 그래도 아직 많이 있어! 얼마나 필요한데? 아니, 우선 그보다 내가 실한 놈으로 따올 테니까 맛부터 좀 봐봐."

장인과 장모는 어색함을 누르고 작년처럼 편하게 그녀를 대했다. 그녀도 어색해하지 않고 자연스럽게 그들의 마음을 받았다.

"역시······ 진짜 맛있다."

그 여자는 과수원에 처음 왔던 때처럼, 아니 샤인머스캣을 처음 먹었을 때처럼 밝은 미소와 함께 눈물을 보였다. 장모는 그 모습을 보고 마음이 놓였다.

그때 장모의 눈에 여자의 손이 들어왔다. 그 여자의 오른손은 마지막 마디마다 반창고가 붙어 있었다.

"손이 왜 그래?"

"그냥 좀 다쳤어요."

장모의 질문에 조금 당황한 듯하더니 이내 아무렇지 않은 듯 샤인머스캣을 먹었다. 장모는 밴드 붙인 손으로 포도를 따 먹는 그녀의 모습이 괜히 짠하게 느껴져서 말없이 지켜보다가 방으로 들어갔다. 그러고는 구급상자를 들고 와서 안에서 밴드를 꺼냈다.

"밴드 갈자. 그거 포도 물 들어가면 더 쓰리고 아파. 보니까 방수밴드도 아니네."

"아니에요. 괜찮아요."

여자는 장모의 친절이 불편한지 인상을 쓰며 거부했다. 장인은 괜히 잘 먹고 있는 사람의 심기를 건드리는 게 맘에 들지 않았는지 손짓으로 치우라고 했다. 하지만 장모는 이미 꺼낸 방수밴드를 다시 넣지 못하고 그 여자 앞으로 쓱 밀어주었다.

"그럼 다 먹고 집에 가서 갈아. 요즘에는 밴드가 참 잘 나와서 웬만한 건 밴드만 잘 갈아줘도 흉도 안 남고 다 아물더라고. 이게 소독도 되는 거라고 하니까. 그냥 붙이고만 있어."

여자는 장모의 마음이 뭔지 잘 알기에 더 이상 거절하지 않고, 방수밴드를 가방에 넣었다. 그러고는 또 아무 말 없이 장인이 따다 준 커다란 샤인머스캣 한 송이를 다 먹어 치웠다. 그렇게 마지막 한 알까지 다 먹은 여자는 어려운 듯 조심스럽게 말을 꺼냈다.

"저 이거 100상자 주문 가능한가요?"

"그렇게나?"

100상자라는 말에 두 부부의 눈이 커졌다. 장인은 바로 포도밭을 바라보며 수확할 걱정부터 했다.

"언제까지? 한 번에 100상자는 안 나오는데. 다 익는 게 달라서."

"한 번에는 아니어도 돼요. 그냥 되는 대로 주시면 돼요.

"그래? 그럼 가능하지."

"대신 제가 부탁을 드릴 게 하나 있는데요."

"뭔데?"

"혹시 택배로 발송도 되나요?"

"아, 그건 안 돼. 우리는 다 익은 다음에 따는 거라 과육이 약한데, 택배는 험하게 가서 다 망가져."

"그럼 혹시 직접 배달을 해주실 수 있을까요? 제가 배달비는 넉넉하게 드릴게요."

"배달? 어딘데? 한 군데로 가는 거야?"

"아뇨. 100상자가 다 달라요."

"그럼 100군데라고?"

여자는 주소가 빼곡하게 적힌 종이를 장모에게 전했고, 장모는 그 주소를 보며 깜짝 놀랐다. 대부분은 서울이었지만, 대구나 부산, 광주나 여수까지도 있었기 때문이다.

"아니, 지역도 다 다르고 너무 먼 데도 있는데?"

"제가 배달비 포함해서 박스당 10만 원씩 드릴게요. 부산이나 여수 같은 데는 부족하면 더 드리고요."

장인은 계산이 바로 서지 않았다.

'샤인머스캣 가격에 배달료는 얼마를 받는 게 맞지? 기름값이랑 톨게이트비는 얼마나 나오는 거지?'

천만 원을 준다는데, 어림잡아도 20%는 수익으로 잡힐 것 같다. 배달은 저녁때라도 얼마든지 다녀올 수 있는 것이었고, 가족들한테 부탁해도 된다. 그저 과수원을 하고 처음으로 거래해 보는 금액이라 얼떨떨할 뿐이다.

"우선 천만 원은 지금 현금으로 드릴게요. 그리고 먼 지방은 따로 계산해서 더 드리고요."

"아니야, 아니야. 아무리 먼 데가 있다고 해도 서울이 대부분인데, 한 번 움직이면 하루에 열 군데도 더 돌 수 있으니까 우리가 이득이면 이득이지, 더 줄 필요는 없어. 근데 이거 아무리 그래도 너무 많이 쓰는 거 아니야? 포도로 천만 원을 쓰는 건데? 선물하는 건가?"

"예. 제가 꼭 인사를 해야 하는 사람들이거든요. 마지막으로……."

여자는 말끝을 흐리며 답했다. 그녀가 말한 마지막이라는 단어는 실제로 귀가 밝지 않은 장인에게는 들리지도 않았다. 장모에게도 명확하게 들리지는 않았지만, 그 말을 하는 그녀의 모습이 뭔가 쓸쓸하고 우울했다. 그들은 그녀의 분위기 때문인지 요청을 거절하지 못했고, 바라는 대로 해주기로 했다.

"순서나 시간은 중요하지 않아요. 그냥 샤인머스캣이 다 팔리기 전까지만 되는 대로 편하게 배달해 주세요."

그녀는 한 손에 들고 있던 쇼핑백을 장모에게 내밀었다.

"이건 제가 명단에 있는 사람들한테 쓴 편지거든요. 번거로우

시겠지만, 포장하실 때 섞이지 않게 하나씩 넣어주시면 정말 감사하겠습니다."

"아…… 알았어."

장모는 그녀의 요청 하나하나가 모두 생소하고 어색했다. 몇십 년째 이곳에서 과수원을 하고 있지만, 그녀의 부탁은 모두 처음 경험해 보는 일이었다. 그렇게 그녀는 쇼핑백 가득 담긴 편지와, 푸른색 파우치에 두툼한 5만 원짜리 현금 묶음을 담아 장모에게 건네고 유유히 과수원을 떠났다. 장모는 그 어색한 순간에도 여자가 집에 가서 먹을 수 있도록 검은 봉지 가득 샤인머스캣을 담아 손에 들려주었다. 여자는 그 봉지를 한동안 물끄러미 보다가, 꾸벅 인사를 하고 돌아갔다.

그녀가 가고 나자 장모와 장인은 의자에 앉아 심각한 고민에 빠졌다.

"아무래도 배달은 애들 시켜야겠지?"

"주말에 알바하는 셈 치고 다니라고 하죠, 뭐."

"그래, 그럼 내일 애들 좀 오라고 해."

"그래요."

그다음 날 과수원에 온 가족이 모이기로 했다. 그리고 그날 새벽, 갑자기 발동한 장인의 호기심 때문에, 장인이 가족들에게 해야 할 부탁의 종류가 완전히 달라져 버렸다.

08

편지

장인은 보통 9시가 넘으면 잠자리에 든다. 그래서 저녁 8시 반만 되면 잠이 쏟아지기 시작한다. 그렇게 잠이 들면 여느 농사꾼들처럼 새벽 5시쯤에 잠에서 깨어 하루를 시작한다. 농번기에는 당연히 해가 뜨는 순간부터 해가 지는 시간까지가 모두 일하는 시간이다.

그런 장인도 가끔 새벽에 잠이 깨는 날이 있다. 특별히 건강에 문제가 있어서 그런 건 아니고, 문득 잠에서 깨어 다시 잠들지 못하는 날인데, 어제가 그런 날이었다.

인근에서 정화조 공사를 하는 사람들이 과수원으로 들어오는 케이블TV 선을 건드리는 바람에 어제부터 TV가 나오지 않았다. 항상 보던 TV가 나오지 않자 저녁을 먹고 딱히 할 것도 없어서 그런지 더 일찍 잠자리에 들었다. 그래서 장인은 새벽 2시도 되기 전에 깼고, 다시 잠들기 위해 물을 한 모금 마시고 자려 했지만, 쉽지 않았다. 괜히 잘 자고 있는 부인까지 깨울까 봐, 조심스럽게 거실로 나온 장인은 습관처럼 TV를 틀었다.

"아! TV가 안 나오지."

결국 장인은 TV를 끄고서 할 일 없이 한 5분을 그저 멍하니 앉아 있었다. 뭐라도 해야겠다는 생각에 그동안 미뤄놓은 장부 정리를 시작했다.

과수원이든 농사든 씨만 뿌리면 다 알아서 자라고 크는 줄 아는 사람이 많지만, 무언가를 길러 수확한다는 것은 생각보다 훨씬 많은 단계가 있고, 그 과정마다 생각도 못 한 비용과 품이 들어간다. 장인의 과수원은 큰 규모가 아니어서 체계적으로 관리하는 건 아니지만, 이렇게 시간이 날 때 그동안의 지출이나 판매 수익을 정리한다.

통에 대충 넣어 모은 영수증들을 꺼내서 날짜순으로 정리하기 시작한 장인은 그동안 들어간 비료와 영양제, 농약값이 만만치 않다는 사실을 새삼 느꼈다. 그나마 최근에는 새로 팔기 시작한 샤인머스캣이 시세도 좋고 판매량도 좋아서, 정말 효자 노릇을 하고 있다. 그러다 어제 받은 목돈이 생각났다.

"천만 원."

지금까지 살면서 천만 원이라는 돈을 처음 본 건 아니지만, 누군가에게 한 번에 현금으로 턱 받아본 것은 처음이어서 아직도 좀 어안이 벙벙하다. 그런 현금을 울타리도 없는 과수원에 두는 것이 부담스럽기는 했지만, 별일이야 있겠느냐는 마음이 더 컸다. 그 여자가 돈뭉치를 담아준 파우치와 편지가 가득 든 쇼핑백은 거실 책장 옆에 잘 놓여 있었다. 그 일을 생각하다 보니 자연스럽게 쇼핑백으로 눈이 갔고, 문득 그 편지들이 궁금해지기 시작했다.

"무슨 편지를 그렇게 썼지?"

쇼핑백과 파우치를 가지고 와서 거실 테이블 위에 놓았다. 네 장에 걸쳐 빡빡하게 쓰여 있는 누군가의 이름과 주소를 보고 있으니, 쇼핑백에 담긴 편지의 내용이 더 궁금해졌다.

장인은 호기심에 쇼핑백 안에 있는 편지 봉투를 하나 집었다. 그런데 장인의 마음을 시험이라도 하듯, 편지에는 아무런 봉인도 없었다. 은은한 파스텔톤에 무늬 없는 봉투는 입구가 접혀 있기는 했지만 봉해져 있지는 않았다. 마음만 먹으면 얼마든지 열어서 보고 다시 넣어도 티 나지 않을 것 같았다.

장인은 시험시간에 감독관 눈을 피해 옆 짝꿍의 시험지를 훔쳐보려고 마음먹었던 순간의 기분이 되살아났다. 자기 집에서, 아무도 없는 새벽에, 혼자 편지를 열어보는, 전혀 뒤탈이 없는 상황이지만, 장인은 손이 떨리고 입이 마르고 등줄기에 식은땀이 흘렀다. 저 편지를 보지 않으면 오늘 밤뿐만 아니라 앞으로 몇 날 며칠을 잠 못 들 것 같다는 예감이 들었다. 긴장은 했지만 망설이지는 않았다.

장인은 봉투 하나를 열고 편지를 꺼냈다.

두 번 접혀 있는 편지지를 열려는 순간.

"여보!"

아내가 부르는 소리에 장인은 하마터면 들고 있던 편지를 찢을 뻔했다. 장인은 너무 놀라 심장에 손을 얹은 채 숨을 몰아쉬었다.

"뭐 하는 거예요, 이 시간에? 그걸 왜 열어보고 있어요?"

장인은 조금 진정이 됐는지, 옆에 와 있는 아내의 눈치를 보며 작은 목소리로 말했다.

"아니, 잠이 깼는데, TV도 안 나오고 심심해서. 그냥 뭐라고 썼나 궁금해서 그랬지."

"그렇다고 남의 편지를 훔쳐봐요?"

"그러니까 보는 거지. 그리고 봐봐. 여기 봉투에 풀도 안 붙였어. 이건 뭐 누가 봐도 상관없다는 거잖아."

"그게 어떻게 봐도 상관없다는 뜻이에요. 그냥 실수로 안 붙인 거지."

장모가 말하는 사이에 장인은 잽싸게 쇼핑백에 담긴 나머지 편지들을 살펴봤다.

"아니야, 봐봐! 별것 아니니까 이렇게 준 거 아니겠어?"

"그럼 별거 아닌 걸 봐서 뭐 하려고요?"

"그냥 심심하니까 그러는 거지."

"아! 몰라요. 당신 맘대로 해요. 난 잘 테니까."

장모는 도저히 못 말린다는 표정으로 방으로 들어갔다. 장모는 아는 것이다. 남편이 저렇게 한번 마음먹은 이상 꼭 보고야 만다는 것을. 어차피 말리지도 못하고 기운만 빼느니, 차라리 그 상황을 안 보고 마는 것이 낫다는 마음으로 그냥 무시하기로 했다.

장모가 다 포기하고 잠자리에 누워 잠을 청하려는 순간, 거실에서 장인의 커다란 목소리가 들렸다.

"이게 뭐야!"

장인의 목소리에 놀라 침대에서 벌떡 일어난 장모는 거실로 급하게 나갔다. 그곳에는 편지를 보고 눈이 커져 버린 장인이 있었다. 장인의 손에 들린 편지를 뺏어서 봤다. 그리고 자신도 매우 놀라 그대로 편지를 놓치고 말았다. 바닥에 떨어진 그 편지에는 이렇게 적혀 있었다.

[다 잊었다고 생각하지 마.

내가 웃으며 인사했다고 다 괜찮아졌다고 생각하지도 말고.

난 단 한 순간도 잊지 않고 있었어.

처음부터.

다만 살아보려고 이를 악물고 버티고 있었던 거지.

그런데 이제는 나도 안 되겠어.

그러니까.

이제부터 당신도 편하게 살지 마.

평생 당신의 기억 속을 헤엄쳐 다녀줄게.

한순간도 잊을 수 없도록⋯⋯.]

어떤 사연이 있는지는 모르겠지만, 몇 줄만 봐도 여자의 깊은 원한과 지독한 저주가 고스란히 느껴졌다. 편지 끝에 빨간색으로 쓰인 '이지연'이라는 이름, 그 이름은 색과 질감이 마치 손가락에 피를 내어 쓴 것 같았다. 장모는 그 피로 쓴 이름을 보자마자 아까 낮에 본 그 여자의 손을 떠올렸다. 이지연은 손가락마다 반창고를 붙이고 있었다.

장모가 편지를 읽는 동안 장인은 나머지 편지들을 꺼내 읽었다. 편지를 하나씩 확인할 때마다 장인의 표정은 점점 더 어두워졌다. 장모는 장인이 읽은 편지들을 받아서 따라 읽었고, 장모의 표정도 장인을 닮아갔다.

편지의 내용은 모두 다 달랐지만, 하나같이 상대방을 원망하고 저주하는 말로 채워져 있었다. 그리고 그 모든 편지에는 어김

없이 피로 쓴 그녀의 이름이 있었다.

'이지연.'

"편지가 왜 다 이래?"

멍해진 장모는 아무 말도 하지 못했다.

"도대체 어떻게 살았길래 이렇게 원한이 많아? 그리고 그 원한을 하나하나 다 적었냐고. 뭘 어쩌려고……."

"그 속이 어땠을까. 100가지 원한을 품고 사느라 그 맘은 또 얼마나 망가졌으려나……."

"그래서 그런 건가? 처음 왔을 때처럼 얼굴도 가리고."

"그래도 요 몇 년은 와서 잘 놀고, 잘 웃고 했잖아요."

"그러니까. 그런데 올해는 어째 안 보이길래 불안불안했어. 다른 손님들이야 안 보이면 윗동네 농장 갔겠거니 생각하고 마는데, 그 여자는 왠지 자꾸 걸리더라고. 무슨 일이 있나? 왜 안 오나? 자꾸 신경이 쓰이던 게, 결국은 뭔 일이 있었던 거구만, 올해."

"이제 어떡해요? 이 무서운 편지들을 보내요? 아니면 손님 찾아서 설득이라도 할까요?"

"뭘 어떻게 해. 보낼 건 보내야지!"

"뭐요? 이 편지를요?"

"아니! 혹시 이런 거 보냈다가 받은 사람이 우릴 고소라도 하면 어쩌려고 그래!"

"그럼요?"

"포도는 보내고, 편지는 상의를 좀 해야지……."

"누구랑요?"

"누구긴 누구야, 애들이지! 젊은 애들이 우리보다는 잘 알 거 아냐. 저 편지들은 이따가 상의를 좀 해보자고."

장모는 장인의 말에 동의하고, 읽고 난 편지를 봉투에 담아 다시 쇼핑백에 정리하려고 하는데, 그 쇼핑백 옆에 끼인 편지 한 통이 있었다.

"여보, 여기 안 열어본 편지가 하나 남았네요."

장인은 별일 아니라는 듯이 손짓으로 알아서 하라고 했다. 장모는 지난 모든 편지가 그러했듯 이 편지에도 심한 저주의 말이 적혀 있을 것을 알고 있었지만, 그래도 왠지 이 편지를 꼭 읽어봐야 할 것만 같다는 느낌이 들었다.

장모가 열어본 편지에는 처음으로 피로 쓴 이름이 적혀 있지 않았고, 내용도 다른 편지들과는 달랐다.

[언니.

정말 미안해요.

그리고 감사합니다.]

　　장모는 아주 짧게 적힌 고마움과 미안하다는 내용이 왠지 더 울컥했다. 그 편지를 보면서 그래도 100통 중에 고마운 마음을 전할 사람이 한 명이라도 있다는 사실이 다행이라고 생각했다. 다른 건 몰라도 이 편지만큼은 꼭 전해줘야겠다는 생각이 들었다. 그래서 편지 받는 사람의 이름을 기억하기 위해 봉투를 돌려 앞면을 보니, 다른 이름들보다 더 정성스럽게 쓰인 이름이 있었다.

　　'이미나.'

09

과수원-1

장인과 장모는 눈만 감으면 피로 쓴 이름이 눈앞에 아른거렸다. 뜬눈으로 새벽을 맞이한 장인은 해가 뜨자마자 과수원에 나가 일을 시작했다. 꼭 지금 하지 않아도 되는 일이지만, 가만히 있으면 마음만 심란해져서 쉬지 않고 몸을 움직였다.

일을 하던 장인의 눈에 문득 과수원 입구에 있는 빈 개집이 들어왔다. 이지연이 처음 과수원에 왔을 때, 그 빈 개집 앞에서 어쩌지 못하고 서 있었다. 처음에는 도대체 저 여자가 왜 저러나 싶었는데, 이지연의 편지를 읽고 나니 저 개집마저도 뭔가 사연이 있고 더 쓸쓸해 보였다.

"전에…… 개를 길렀었나?"

장모도 마찬가지였다. 장인이 과수원으로 나가자마자 장모는 이것저것 반찬들을 만들기 시작했다. 그동안 재료만 사두고 미뤄 두었던 것들을 하나씩 만들어 반찬통에 나눠 담았다. 어차피 마음이 심란해서 쉬지도 못하는 거, 그저 딸들에게 줄 반찬만 잔뜩 만든 것이다.

새벽부터 몸을 움직이기 시작했던 장인과 장모지만, 허기가 진다거나 아침을 먹어야겠다는 생각은 들지 않았다. 그렇게 한참을 각자 일을 하다 보니, 시간은 어느새 오전 10시가 넘어갔고, 선록 가족이 과수원으로 들어왔다.

"아버지 저희 왔습니다."

"아빠! 우리 왔어요."

"할아버지!"

장인은 과수원에 들어오는 선록, 선영, 아율을 보고서야 정신이 좀 들었다.

"아버지. 식사는 하셨어요?"

"어? 아니……."

그러고 보니 지금까지 물 한 모금 마시지 않고 일만 하고 있었다. 정신이 좀 들고 나니 지금까지 무리했던 피로와 허기가 한 번에 몰려왔다.

"들어가자. 기운이 다 없네."

"왜 기운이 없어? 밥도 안 먹고 일한 거야? 엄마는?"

힘들어 보이는 장인을 따라 집으로 들어가니, 장모의 모습도 크게 다르지 않았다. 뭐에 홀린 듯 밑반찬을 하고 있는 장모의 앞에는 다양한 반찬통이 쌓여 있었다.

"엄마? 이게 다 뭐야? 어디 여행 가?"

"아니. 너희들 반찬 좀 하다 보니까 좀 많이 했네."

"이게 조금 많은 거야? 아주 동네잔치를 하겠는데?"

"얘는 해줘도 말이 많아. 그냥 가져다 먹으면 되지."

장모는 조금 민망한지, 자신을 타박하는 선영에게 한마디 했고, 그 사이에서 분위기를 파악한 선록이 넉살 좋은 웃음을 지으며 식탁에 자리를 잡았다.

"왜? 나는 다 맛있어 보이는데. 어머니, 잘 먹겠습니다. 밥은 있죠?"

"밥?"

장모는 정신없이 반찬만 하다 보니 밥 안치는 걸 깜빡했다. 순간 당황해서 얼굴이 빨개졌다. 선영이 한마디 하려는데 선록이 끼어들어 말을 막았다.

"제가 가서 즉석밥 사 올게요. 새로 생긴 주유소에 편의점이 있더라고요."

"아니야. 냉동실에 밥 있으니까 전자레인지에 돌리면 돼."

장모는 그 말을 하고 기운이 빠졌는지 식탁에 앉았다. 선록은 바로 냉장고로 가서 밥을 찾았다.

오늘따라 장모와 장인이 좀 이상하다는 것을 느낀 선록과 선영은 조용히 식탁 위를 정리하고 전자레인지에 밥을 데웠다. 전자레인지 돌아가는 소리만 들리는 적막한 순간을 깬 건 아율이의 노랫소리였다.

"레인 레인 고 어웨이~."

아율이의 야무진 노랫소리에 정신이 돌아온 장인과 장모의 얼굴에 미소가 번지기 시작했다. 이내 밥이 다 데워져 식사를 준비하는데, 마침 완수 가족도 도착한 덕분에 분위기는 더 화기애애해졌다.

가족들은 각자 할 이야기가 있지만, 언제 말을 꺼내야 할지 고민했다. 장모는 아이들부터 먼저 먹였고, 곧 어른들도 모여서 밥을 먹기 시작했다. 아이들은 방에 들어가 인형 놀이를 하는 듯했다. 식탁 가운데에 놓인 김치찜은 너무 먹음직스럽게 생겼지만 아무도 밥에 집중하지도, 무언가 말을 꺼내려 하지도 않았다. 각자 서로를 신경 쓰며 깨작거리는 묘한 분위기를 깨고 장인이 먼저 말을 꺼냈다.

"샤인머스캣을 엄청 좋아해서 매년 사 간다는 젊은 여자 손님, 내가 말한 적 있지?"

"예! 매년 많이 사 가고, 많이 먹고 가기도 한다는."

"그 여자 손님이…… 이상해."

장인이 꺼낸 말을 장모가 거들었다.

"원래 좀 이상하다고 하지 않았어?"

"처음에야 그랬지. 그래도 최근에는 우리랑 살갑게 지내고 좋았단 말이야. 그런데 갑자기 예전처럼 돌아가 버렸어."

"그래?"

"그런데 그 성격이 쌀쌀해진 게 문제가 아냐. 걔가 어제 갑자기 샤인머스캣 100상자를 주문했어!"

"우와, 진짜? 그건 이상한 게 아니라 좋은 거 아니야? 진짜 대박이다."

"근데 배달까지 해 달래."

"해줘야지, 엄마. 100상자면 얼만데."

"그게 100군데야! 다 각자. 그것도 심지어 전국으로. 배송비까지 포함해서 천만 원을 현찰로 주고 가더라. 오래 걸리고 번거로워도 꼭 부탁한다고."

선록이 입을 열었다.

"택배가 아니라 배달이라 번거롭긴 해도…… 이 정도면 해주는 게 나을 것 같네요."

"갈 만해. 100군데가 다 떨어져 있는 것도 아니고 거의 다 서울, 경기에 몰려 있고 몇 군데만 지방이야."

장모는 사위들에게 주소가 적힌 종이를 내밀었다. 선록과 완수는 리스트를 찬찬히 살펴봤다. 그러고는 서로 이 정도는 별문제가 되지 않는다는 표정으로 장인에게 말했다.

"저희가 열심히 돌아다니면 일주일이면 다 하겠는데요?"

"근데 문제는 그게 다가 아니야."

장인은 자신을 밤새 괴롭혔던 편지들을 가지고 왔다. 장인의 표정이 너무 어둡고 심각하다 보니, 그 모습을 보고 있던 자식들도 어느새 조용해졌다. 장모는 장인이 가져온 쇼핑백을 식탁의 빈 곳에 두었다. 그리고 크게 숨을 쉬고는 편지 하나를 꺼냈다.

"그 여자가 포도 상자에 이 편지를 하나씩 넣어서 보내달라고 했거든. 근데 이 편지들이 좀 이상해."

장모는 편지 봉투에서 편지지를 조심스럽게 꺼냈다. 가족들은 한눈에 들어오는 검붉은 색으로 쓰인 이름이 뭔지 보다가, 선애가 자신도 모르게 소리를 질렀다.

"엄마! 이게 뭐야? 설마 피야?"

"진짜 피 같은데?"

"우와, 소름 끼치네. 혈서라는 말은 들어봤지만, 직접 본 건 처음이에요."

"어머니, 설마 100통이 다 이런 식이예요?"

"내가 쭉 봤는데⋯⋯ 하나만 빼고 다 이렇더라고."

"99통이 다 이 정도면 피 양도 장난 아니겠는데요."

완수의 말이 불편한 선애는 완수 옆구리를 찔렀다. 하지만 장인은 완수의 말을 농담으로 받지 않았다. 여전히 심각한 표정으로 그의 말에 대꾸했다.

"그날 여자가 손가락을 다 칭칭 감고 왔더라고. 아마 몇 날 며칠 이걸 쓰느라 이 손가락 저 손가락에 상처를 냈을 것 같아."

장인의 말에 완수는 조용히 고개를 숙였다. 선록은 그 편지에서 눈을 떼지 못했는데, 편지의 내용이나 피로 쓴 글씨 때문이 아니라, 이름 때문이었다.

'이지연.'

흔한 이름이지만 떠오르는 사람이 있었다.

"왜? 뭐 또 이상한 게 있어?"

"아니야. 그냥 신기하고 찝찝해서."

선록이 편지를 보고 생각에 잠겨 있는 동안, 선애와 완수는 어제 장모가 그랬던 것처럼 편지를 하나씩 펴보고 있었다. 그렇게 한 20통의 편지를 읽던 선애는 그만 내려놓았다.

"진짜 다 읽지도 못하겠다. 이렇게 원망이 많은데 그동안 어떻게 살았지?"

"그동안은 그 원망을 꺼내지 않았으니까 살았겠지."

"뭐?"

선애가 읽은 편지들을 봉투에 다시 담으며 장모가 말했다.

"원망을 꺼내 놓지 않고 마음에 담고 살면, 힘은 들어도 살게는 돼. 자기만 잘 숨기면 아무도 모르니까, 그렇게 사는 거야. 아픈지도 모르고, 가끔은 좀 까먹고. 근데 그 원망이 속으로 곪아서 밖으로 터져 나와버리면 이제 그때부터가 진짜 지옥이지. 속에 담아두면 그게 얼마나 큰 줄도, 얼마나 깊은 줄도 모르고 사는데. 이렇게 하나하나 다 뱉어서 써놓고 나면 '내가 그동안 지옥에 살았구나. 앞으로 이걸 어떻게 다시 담고 사냐' 싶을 거라고. 그게 무서운 거야."

"그럼 혹시……."

"그래. 아무리 봐도 이건 유서 같아. 마지막으로 속에 있는 거 다 끄집어내 놓고 어디 가려는 거 같다고. 그래서 내가 포도는 전해주겠는데, 이 편지는 죽어도 못 주겠는 거야. 왠지 이걸 다 전해주고 나면 걔가 딱 죽을 것 같아서."

"그럼…… 어쩌지?"

"막아야지 뭘 어떻게 해? 엄마, 그 여자 연락처 없어? 주소는 알아?"

"아무것도 몰라."

"그럼 어떻게 확인하죠? 우리가 이걸 배달했다는 걸?"

"아마도 기다리고 있겠지. 자신의 이름까지 넣어서 이런 편지를 보내면 그쪽에서 뭐라고 답이 오기 시작할 거고, 그때 뭘 하려고 하겠지."

선록은 가족들이 이야기하는 동안 말없이 생각에 잠겼다. 이렇게 심상치 않은 상황을 어떻게 풀어나가야 할지 생각할 시간이 필요했기 때문이다. 그러고 나서 어느 정도 생각이 정리되었는지, 입을 열었다.

"아버지. 진짜 아버지 말씀대로 포도만 배달하는 게 맞는 거 같아요. 아마 이 사람들 중에서 그 여자한테 연락하는 사람이 있겠죠? 잘 받았다고 단순하게 감사 인사만 할 거예요. 그럼 그 여자도 뭔가 이상하다고 생각하고 과수원에 다시 오지 않을까요? 자신의 의도와는 일이 다르게 흘러가니까요."

"좋네. 좋은 생각이야."

"그 여자가 오면 우리가 설득을 해보자는 거지?"

"예, 어머니 아버지의 존재가 그 여자한테는 생각보다 컸던 거 같아요. 그러니까 이 중요한 마지막 인사를 어머니 아버지께 부탁하죠. 아마 그 여자를 설득할 수 있는 사람도 두 분밖에 없을 거예요."

"혹시 그게 아니면?"

"뭐?"

"엄마 말대로 이 원한이 나온 지금, 이 사람이 진짜 지옥을 살고 있는 거라면, 마지막까지 진짜 기다릴까? 이건 복수가 아니고 유서를 보내는 거잖아. 보통은 누가 내 유서를 읽고 어떻게 반응하는지를 보고 자살하는 게 아니잖아. 그냥 써놓고 죽는 거지."

"맞아요. 저도 그럴 거 같아요. 이런 메시지를 보낼 정도면, 포도를 보내는 거 외에도 다른 안 좋은 일을 하지 않을까요?"

"그럼 어떡해? 그 사람부터 찾아야 하나?"

선록은 잠시 생각에 빠진 뒤 말했다.

"우선 이 포도를 배달해야 해요. 그러면서 여자에 대한 정보를 모으는 게 중요할 것 같아요."

가족들은 각자 생각에 잠겼지만 아무리 해도 이 이상 좋은 방도가 떠오르지 않았다. 장인이 대답했다.

"그래, 그럼 내일 당장 다녀보자."

장인의 말에 나머지 가족들도 모두 동의했다. 완수는 장인의 일이 다소 정리된 듯한 분위기여서 조심스럽게 자기 이야기를 꺼냈다.

"저도 할 말이 있어요."

10

과수원-2

완수는 가뜩이나 무거워진 분위기에 자신의 이야기도 좀 심각한 쪽이라 부담이 되기는 했지만, 결코 가벼운 것도 아니기 때문에 그냥 넘길 수는 없다고 생각했다.

"저도 할 말이 있어요. 저희 아파트에서도 좀 이상한 일들이 벌어지고 있어서요."

"이상한 일?"

완수가 시작한 말을 선애가 이어갔다.

"요즘 우리 동네 감귤마켓이 난리가 났어. 자꾸 명품이 올라오거든. 근데 이상한 게, 그게 다 한정판이거나 구하기 어려운 것들이야. 그런데 심지어 가격도 엄청 싸게 올라와. 어떤 사람은 그거 들고 강남의 중고 명품샵에 갔는데, 거기서 60만 원을 더 준다고 했다더라고."

선애는 가족들에게 자신의 동네에서 지금 일어나고 있는 상황을 설명했다. 가족들은 그 상황이 이상하기는 하지만, 그렇다고 뭔가 신경을 써야 할 만큼 문제 되는 상황은 아니라고 여기는 듯했다.

"좀 이상하기는 하지만, 뭐 그럴 수 있는 거 아냐? 말 그대로 중고거랜데……."

"그 명품을 팔고 있는 사람이, 전에 선애가 배달 주문에 이상한 말을 써서 경찰에 신고해 줬던 그 사람이에요."

"그 배달기사가 그렇게 부자야?"

"그 친구가 돈을 얼마를 벌고, 명품을 어떻게 샀는지는 문제가 아니죠. 솔직히 제가 그 사람이 어떻게 살았는지 아는 것도 아니니까요."

"그럼 뭐가 문젠데?"

"왜 이렇게 물건을 내다 파냐는 거죠. 심지어 단기간에 물건들을 급하게 정리하는 느낌이 드는데, 최근에는 옷까지 팔기 시작했거든요."

"어디 이민이라도 가나?"

장인에게 문득 떠오른 생각이 이민이었다.

"그러기에는 또 다른 생활용품들은 하나도 안 올라온다는 거죠. 살림살이야 업체를 통해서 다 정리할 수 있기는 하지만, 명품이랑 옷들도 워낙 비싼 거라서 업체를 알아보면 충분히 통으로 처분할 수 있을 텐데, 뭔가 이상해서요.”

“그래? 그럼 동서는 뭘 의심하는 건데?”

선록의 질문에 완수는 바로 무슨 말을 해야 할지 몰랐다. 하지만 심호흡을 하고 천천히 말을 이었다.

“제가 생각하기에는요. 뭔가 그 친구 주변에 어떤 변화가 일어나고 있다고 생각해요. 선애 일이 고맙기도 하고 사람이 좋아 보여서 같이 술을 한잔했거든요. 처음에 봤던 이미지랑 다르게 정말 깔끔하게 잘 차려입고 나왔더라고요. 자기 집 얘기를 하나도 안 했지만, 그 친구가 파는 것이 다 여자 물건이고 그마저도 다른 사람이 주는 걸 그냥 대신 팔아만 주는 느낌이거든요.”

“그럼 아무래도 아내일지도 모른다는 얘기구나. 뭔가 변화를 불러오는 사람이.”

“예, 전 그런 거 같아요. 뭔가 안 좋은 일을 준비하고 있다는 생각이 가시지를 않아요. 술자리에서 그 친구가 그랬거든요. 누군가의 죽음을 기다리는 것이 제일 힘든 일이라고.”

완수의 입에서 죽음이라는 단어가 나오자 공기가 무거워졌다.

“아내가 자신의 물건들을 정리하고 있고, 남편은 말리지 않고 동조하고 있다는 말이네. 어쩌면 동서한테 집안 이야기를 일부러 하지 않은 이유도, 자신의 상황이 달라질 수도 있어서 미리 방어

112

하는 행동이었을 수도 있어.

"그렇죠. 저는 그게 걱정이 되는 건데, 또 이상한 건 선애 사건 때 엄청 진심으로 걱정하고 신고를 한 거요. 그렇다면 실은 죽음을 기다린다기보다 걱정한다는 말이 더 어울리거든요."

"마음이 왔다 갔다 하는 거겠지. 무슨 일인지 모르지만, 누군가 그런 안 좋은 생각까지 한다는 것은 정말 우리가 상상하지도 못할 만큼 고통스러운 순간들일 거고. 그 상황을 지켜보고 있지만 말리지 못하는 사람의 마음은 어떻겠어."

"그래, 어쩌면 이미 수백 번을 말려보고 노력했는지도 모르지."

장모와 장인의 말을 듣고 있는 동안, 완수는 소파 옆에 쌓인 우편물이 눈에 들어왔다. 처음에는 그저 시선을 따로 둘 곳이 없어서 보고 있었을 뿐인데, 그 우편물에 적힌 말을 보자 갑자기 머릿속에 떠오르는 것들이 있었다.

"장모님, 저희 보험 소개해 주신 분 있잖아요? 정말 친한 분이시죠?"

"그렇지. 이 동네에서 벌써 얼마야, 선영이 낳을 때부터 이쪽에서 계속 보험을 했으니까 한 30년도 넘었지."

"오빠? 갑자기 보험은 왜?"

"나 그분 만난 것 같아."

보험을 하는 장모의 지인을 태호와의 술자리에서 만났었다.

"우리 아파트 상가에서 그 배달기사랑 술을 마시고 있었거든요. 그런데 그분이 갑자기 치킨집으로 들어오시는 거예요. 처음에는 몰랐는데, 그분이 홀에 있던 다른 사람들한테도 인사를 하면서 뭘 하나씩 나눠주더니, 우리 테이블로도 왔거든요."

완수는 마침 오늘 입고 온 점퍼가 그때 입었던 옷이라는 생각이 났다. 그래서 옷걸이에 걸린 점퍼의 주머니를 뒤지니, 그때 받은 젤리가 나왔다.

"맞아요. 이거 봐요. 그분 맞죠?"

"그러네. 영옥이네."

보험설계사의 명함 스티커가 붙은 작은 봉투에는 알록달록한 젤리가 들어 있었다.

"그분이 저를 못 알아보는 건 이상하지 않은데요. 그 친구를 한눈에 알아보고 엄청 반가워하시더라고요."

"자네야 못 알아볼 수도 있지. 내 소개로 알고 보험 든 게 언젠데. 근데 그 배달기사가 보험을 들었나?"

완수는 그날의 기억을 떠올리기 위해 미간을 찌푸렸다.

"그때 그 친구가 제 눈치를 보더라고요. 그 아주머니는 너무 반가워하시는데, 그 친구는 아주 불편해 보였어요. 자꾸 제 눈치를 보면서요."

잠시 또 뭔가가 떠오르는 듯 말을 멈춘 완수를 다른 가족들도 바라만 보고 있었다.

"그분이 황도를 시켜주고 가셨어요. 자기가 계산하는 거라고 얘기하시곤 그 친구 셔츠 주머니에 이 젤리도 넣어주고 가시더라 고요. 그분 가고 나서 제가 물었거든요? 저분 보험하는 분인데 혹 시 최근에 저분한테 보험 들었냐고? 얼마짜리를 들었길래 저렇게 안주까지 시켜주시냐고. 그런데······."

"그런데?"

"아무 말도 안 했어요, 또."

그 자리에 있는 사람들의 궁금증이 폭발했다. 장인은 이 상황 이 너무 궁금해서 바로 장모를 닦달하기 시작했다.

"당신이 전화해서 좀 물어봐. 그 친구가 뭘 얼마나 들었길래 그렇게 난리였냐고."

"그걸 말해줄까요? 그래도 개인정보인데?"

장모는 평소 성격처럼 아무 말도 하지 않았다. 지인에게 전화 해서 다른 누군가의 보험 가입 정보를 묻는 게 탐탁지 않았기 때 문이다. 평소의 장모라면 절대 그런 일을 하지도 않을 것이고, 장 인의 요구에 오히려 뭐라고 한마디 했을 것이다. 하지만 장모는 지금 말없이 생각하고 있다. 왜냐하면 지금의 여러 정황상 확인하 는 것이 더 좋겠다는 생각이 들었기 때문이다. 장모는 잠시 고민하다가 결국 전화를 걸기로 마음먹었다.

"걔가 영업을 잘하기는 하는데, 입이 참 가벼워. 그래서 조금만 건드려도 아마 술술 불기는 할 거야."

장모는 곧바로 보험설계사에게 전화를 걸었다.

"여보세요?"

"나야, 과수원. 별일 없지? 그냥 물어볼 게 있어서."

"뭔데? 보험 들게? 그때 말한 그 과수원 화재보험 얘기하는 거지?"

"아니, 그게 아니고, 자기 혹시 얼마 전에 구름마을 아파트 갔었어? 화요일 밤에."

"화요일 밤? 그랬지. 그 동네야 내가 자주 가는 데니까. 거기 입주민 대표가 자옥이잖아. 그래서 내가 그 동네 고객이 많아."

"우리 작은 사위가 그날 자기를 봤다네?"

"아? 진짜? 어디서? 나 그날 그 동네 가게 다 돌아서 사람들 많이 만나기는 했어."

"치킨집에서 친구랑 술 마시는데, 자기가 와서 무슨 안주도 시켜주고 숙취제거제 젤리도 줬다고."

"아, 맞아. 고객들이 술 마시고 있으면 내가 히말라야 젤리를 하나씩 주고 오거든. 이게 요즘 젊은 사람들 사이에서 완전 핫한 건데. 효과가 아주 기가 막혀."

"근데 자기가 우리 사위는 못 알아봤는데, 사위 친구는 한눈에 딱 알아봤다고 하더라고. 잘 먹었다고."

"어머, 과수원 둘째 사위가 진태호 씨 친구야? 진짜 세상 좁다~. 진태호 씨는 완전 외지에서 온 사람인데, 어떻게 동네 친구가 다 있대?"

장모의 예상대로 보험설계사는 그 짧은 통화에도 배달기사의 이름과 출신까지 말해줬다. 심지어 그녀는 목소리도 아주 커서 스피커폰 모드가 아닌데도 무슨 이야기를 하는지 다 들렸다.

"그 사람이 보험을 많이 들었어? 뭘 그렇게 잘 해줘? 우리 사위가 안주시켜 주는 보험설계사는 처음이라고 난리던데?"

"말도 마. 태호 씨네가 보험을 얼마나 통 크게 들어줬는데? 나한테는 완전 VIP야, VIP. 태호 씨 실비도 나한테 옮겼고, 그 집 아이 실비보험이랑 교육보험도 새로 들었어. 생명보험도 2개나 들고. 제일 대박이 그 집 사모님이지. 글쎄, 지난 5월에는 생명보험만 4개나 들고, 상해보험까지 따로 들었어! 최근에는 그 집 화재보험까지 들었어. 맞다, 그 태호 씨 소개로 큰 건물 화재보험도 하나 올렸지 뭐야. 내가 우리 진태호 씨 덕분에 몇 달 동안 실적 엄청 올렸어."

보험설계사의 수다를 듣고 나자 나머지 가족들은 더욱 할 말이 없어졌다. 장모도 그녀의 정신없는 수다 속에 섞인 수상한 내용에 말문이 막힌 듯했다. 결국 더 듣고 싶은 이야기들도 있었고, 더 들어야 할 이야기들도 있었지만, 적당히 전화를 끊고 말았다.

"설마…… 아니겠지?"

"…… 아닐 거야……."

"보험이야 뭐……."

"근데 그렇게 한 보험사에서 보험을 많이 들을 수 있어요? 생명보험 4개가 가입이 돼? 된다고 해도 보험을 저렇게 들면 누군가 의심할 텐데……."

"영옥이가 그런 걸 의심하고 따질 인물이 못 돼."

"그래서 그 아줌마한테 다 들었나?"

"근데 그냥 보험을 많이 든 거일지도 모르잖아요."

"그래, 죽음을 기다리는 게 힘들다고 했다는 말도, 그냥 계속 기다리겠다는 거 아냐?"

"그런데…… 이제 기다리기 힘들어서……."

선애는 차마 그 뒤의 말을 더 잇지 못했다. 마치 무슨 말이든 입 밖으로 나와버리면 꼭 그대로 이뤄질 것 같은 두려움 때문이었다.

그 순간 선록이 무슨 생각이 났는지, 선애에게 감귤마켓 앱에서 벤의 판매 목록을 보여달라고 했다. 그리고 맨 처음 올렸던 물건을 확인하고는 말했다.

"아까 생명보험을 든 게 언제라고 했죠?"

"5월!"

"딱 5월부터네요. 감귤마켓에 물건을 내다 팔기 시작한 게."

완수는 순간 이과의 두뇌가 돌아가기 시작했다. 혼자서 무엇인가를 암산하는 것 같은 표정을 짓더니, 바로 선애의 휴대전화를 가져다가 어플을 확인하기 시작했다. 그리고 몇 가지를 계산해 보고 나더니 표정이 달라졌다.

"우선 그 집의 보험료를 대충 계산해 봤어요. 나이는 저랑 같으니까, 아내도 선애와 비슷하다는 조건으로 가정하고, 일반적으로 우리가 내는 보험금액들을 기준으로 대략 잡아도 월 보험료가 오백만 원 이상은 나올 거로 생각했어요. 그런데 진짜 뭔가를 노리고 보험을 넣은 거라면, 특약이나 보장 금액에 따라서 훨씬 더 많은 액수를 납입해야 할 수도 있다고 생각했고요. 대략 구백만 원에서 천만 원 이상 나오지 않았을까요? 그렇게 기준을 세우고 보니까, 월초에 물건을 조금 더 자주 팔았던 걸로 봤을 때, 아마 보험료가 10일쯤 인출되었던 거 같아요. 매달 9일은 물건을 꼭 팔았더라고요. 그리고 10일을 기준으로 한 달에 중고거래한 금액을 보면 팔백만 원에서 천백만 원까지 왔다 갔다 해요. 그럼 진짜로 이 사람은 보험료를 내기 위해 중고거래를 했다는 말이 되죠."

완수의 말에 가족들의 머리는 빠르게 돌아갔고, 심장도 더 빠르게 뛰기 시작했다.

"그런데 거기다가 이제 슬슬 옷까지 팔기 시작했다는 건 집에 더 이상 팔 물건이 없다는 말이고……."

"여기 보면 드디어 신발도 팔기 시작했어요. 이제 정말 얼마 안 남은 거 같아요."

갑자기 찾아온 침묵은 거실에 있는 커다란 뻐꾸기시계의 초침 소리를 더욱 부각시켰고, 그 초침 소리는 남은 시간이 얼마 없다고 재촉하는 것처럼 느껴졌다.

"부인이 시켜서 판매하던 게 아니네. 보험료를 내기 위해서 손에 잡히는 대로 올려서 팔았던 거야. 그냥 돈이 급한 대로."

"아마 보험료는 천백만 원 이상이겠지. 배달 일을 하면서 최대한 비용을 부담하려고 했을 거고, 정 안 되면 물건을 파는 식이였겠지."

"그런데 그러면…… 5월에 보험을 들고 그때부터 물건을 팔았는데, 아내가 모를 수는 없을 것 아니에요? 남편 것도 아니고 자기 걸 파는데……."

"그렇지……. 그것도 한두 개가 아니라 이 정도까지 파는 거면……."

"혹시…… 이미 잘못된 거 아니에요?"

순간 모든 사람의 숨이 멎었다. 누가 보고 있다면 마치 모두 같은 연출자에 의해 조종되고 있는 것처럼 느꼈을 것이다. 모두 같은 표정으로 아무 말도 못 했고, 거실에는 침묵만 흘렀다.

그 침묵을 깬 건 화장실에서 터진 아율이의 울음소리였다.

"아율아! 왜!"

11

과수원-3

아율이가 욕실 바닥에 넘어져서 머리에 커다란 혹이 생긴 것이었다. 아율이의 울음소리에 놀라 달려간 가족들은 울고 있는 아율이를 보며 안쓰러워했다. 하지만 덕분에 무거운 공기가 다 사라지는 것 같기도 했다.

선록은 아율이를 안고 방으로 들어가서 이마에 연고를 발라주고, 옷을 갈아입혀서 거실로 나왔다. 아영이는 먼저 옷을 갈아입고 나와서 포도를 먹고 있었다. 그런 아영이를 본 아율이가 포도가 탐이 났는지 바지도 제대로 입지 않은 상태로 뛰어가다가 또바닥에 넘어져 울음보가 터져버렸다. 장인은 그런 아율이가 귀여워서 다가가 안으며 말했다.

"아이고, 우리 강아지 또 혹이 생겼네? 이러다 혹이 안 없어지고 못난이가 되면 어떡하지?"

"아니야. 밥 잘 먹고, 빨리 자면 호호요정이 다 고쳐준다고 했어."

"호호요정?"

"어! 어린이들이 자고 있으면 호호요정이랑 쑥쑥이 아저씨가 오는데, 자는 동안 호호요정은 놀면서 다친 곳이나 상처를 호~ 해주면서 싹 낫게 해주고, 쑥쑥이 아저씨는 그동안 우리 다리랑 팔을 쭉 잡아당겨서 키를 크게 해준다고 했어."

"귀엽네. 아율아, 그 얘기 책에서 읽은 거야?"

"아니! 연호가 해준 얘긴데? 연호가 지난번에 체육 놀이 시간에 내가 넘어져서 다치니까 와서 해준 얘기야. 자기 엄마가 해준 얘기라고."

"와, 좋은 엄마다."

그 얘기를 들은 선록과 선영은 혼란스러웠다. 그들에게 연호 엄마의 이미지는 아이에게 동화책을 읽어주거나 옛날이야기를 해줄 사람은 아니었기 때문이다.

"그런데 연호가 자기는 나쁜 아이래. 그래서 엄마가 자꾸 자기 때문에 소리를 지르고 화를 낸대."

"뭐?"

아율이 말에 어른들은 순간 말을 잃었다. 연호의 이야기가 나왔을 때 선록과 선영은 예상했던 일이지만, 다른 사람들은 이 상황 자체에 뭐라고 반응해야 할지를 모르고 있었다. 선록은 아이들을 재우고 가족들에게 자신이 발견한 이야기를 해야겠다고 생각했다.

"너무 늦었다. 다들 잘 시간이네. 아율이랑 아영이, 옛날이야기 들으면서 잘까?"

선록은 급하게 아이들을 데리고 안방으로 들어갔다. 아이들이 들어가자마자 가족들은 선영에게 물어보기 시작했다.

"저게 무슨 말이야?"

선영은 선록이 아이들을 재우는 동안 연호 이야기를 했다. 자신이 걱정하는 부분들과 지금 연호네 집에서 벌어지고 있는 상황들.

선영의 이야기를 들은 가족들은 모두 같은 반응이었다. 엄마에 대한 분노, 아이에 대한 걱정, 어린이집 엄마들의 불만에 대한 어이없음. 그리고 무엇보다 이 상황에 대한 불안함.

선록이 아이들을 겨우 재우고 나왔을 때, 가족들의 표정만 보면 전쟁이라도 난 듯했다. 그럴 수밖에 없는 것이, 각자가 가지고 온 문제들이 하나 같이 가벼운 것이 아니기 때문이다.

"또 그때처럼 하나씩…… 엄청난 사건들을 가져왔네?"

"그러니까요."

"우리 가족 주변에서 왜 자꾸 이런 일이 생기지? 굿이라도 해야 하는 거 아냐?"

"야, 너희들 성당에서 결혼했어!"

서로 주고받는 티키타카 덕분에 분위기는 조금 풀렸지만, 그래도 지금 상황이 심각하다는 사실은 변함이 없었다. 결국 이 모든 일들이 가족의 마음에 걸려있는 것이고, 우리 가족은 이런 찝찝함을 쉽게 넘길 수 없는 사람들이기 때문이다.

"저희가 예민해서 그래요. 다른 사람들은 대충 쉽게 넘어가는 것들이, 저희한테는 하나씩 다 거슬리고 마음에 남아서 그래요. 다 신경 쓰다 보니 남들에게 보이지 않는 것까지 보이는 거겠죠."

"뭘 그렇게 거창하게 말해. 다들 오지랖이 넓은 거지."

"그래서요. 이제 어떻게 해요?"

"뭘 어떻게 해. 우리가 했던 대로 또 해야지, 뭐."

선록은 아이들을 재우는 동안 생각을 좀 정리해 봤다. 우리 가족에게 일어난 이상한 일들 그리고 뭔가 묘하게 흐르는 이 비슷한 분위기. 어쩌면 지난 냉동탑차 사건처럼 역할을 바꿔서 풀어가다 보면 또 새로운 것들이 보일 수 있겠다고 생각한 것이다.

"우선 저는 포도부터 배달을 가야 한다고 생각해요. 느낌으로는 동서네 일이 제일 급한 것 같기는 한데, 이지연 씨 일은 우리가 돈을 받은 상황이고, 사건의 본질과 상관없이 우리가 해야 할 의무도 있으니까요. 동서랑 제가 포도 배달을 다니면서 그 여자에 대한 정보를 최대한 모아보는 것이 좋을 것 같아요."

"좋아요. 요즘 회사도 좀 한가해서, 연차나 반차를 좀 써도 돼요."

"그리고 아버지랑 어머니께서는 연호를 초대해서 좀 놀아주시는 게 어때요? 그래도 어머니 아버지께서 대화를 해보면 더 보이는 게 있지 않을까요?"

선록의 말에 장인은 따로 생각이 있다는 듯이 말했다.

"걔만 부르면 이상하니까, 유치원 원장한테 과수원에 와서 포도밭 체험 좀 하라고 해. 그냥 무료로 해준다고. 그렇게 애들이 다 같이 와야 경계도 안 하고 술술 말하지."

장모도 바로 장인의 말을 이어서 대답했다.

"그리고 우리는 주책을 좀 떨 수 있잖아. 그냥 모르는 척하고 이것저것 막 물어보고 할 수 있으니까. 우리가 그렇게 할게."

"예. 좋아요, 그럼."

"우리는 감귤마켓 뒤지면 되나요? 벤 잡은 사람들 좀 만나보고, 지금 올라오는 것도 최대한 잡아보고. 그러면서 집에서 뭐 좀 시켜 먹으면서 배달기사 동태도 좀 살피고?"

선록은 웃음이 나왔다. 이제 두 번째라고 각자 자신들이 뭘 해야 할지를 척척 아는 것도 신기했고, 아무리 가족이지만 이렇게 합이 딱딱 맞는 것도 즐거웠다. 무엇보다도 상관도 없는 사람들일에 이렇게 한 명도 빠짐없이 적극적으로 달려드는 모습이 너무 비현실적이라는 생각이 들었다.

"연호네가 이사 간다는 집도 좀 알아는 봐야 할 것 같아요. 저희가 보기에는 지금 당장 부숴도 이상하지 않을 집이거든요. 그리고 그 집 뒤에 작은 밭도 있는 것 같은데, 거기까지 산 건지도 좀 궁금하고요."

"그쪽은 용식이한테 물어봐야지. 사무실도 바로 앞이잖아. 아마 계약을 했어도 용식이한테 했을 거야. 내가 물어볼게."

"또 쓸데없이 이 말 저 말 막 하지 말고, 박 서방이 말한 것만 적당히 돌려서 물어봐요."

"안 그래도 그놈이 저번 사건에 자기가 결정적인 제보를 한 거라고, 자기 덕에 다 잡은 거라고 동네방네 소문을 내고 다니더라고. 내가 또 뭐 물어보면 단박에 캐물을 게 뻔한데…… 그래도 한번 물어봐야지, 뭐."

"그럼 차라리 그냥 데리고 와요. 내가 물어볼 테니까."

아이들은 방에서 조용히 잠들어 있었고 살짝 열어놓은 방문을 통해 선록이 틀어놓은 자장가, 모차르트가 작곡한 '작은 별 변주곡'이 흘러나왔다. 아율이가 제일 좋아하는 '반짝반짝 작은 별'이다. 선록은 이 멜로디를 들으면서 문득 'ABC 송'의 가사가 떠올랐다. 오래전부터 두 곡이 같은 멜로디라는 정보를 알고 있었지만, 동요 작은 별은 보통 조금 느리게 연주되고, ABC 송은 훨씬 빠르고 경쾌하게 연주되기 때문에 같은 곡으로 느낀 적은 없다. 그런데 오늘은 두 곡이 함께 떠올랐다. 거기에 낮에 차에서 아율이가 계속 부르던 '달팽이 집을 지읍시다'라는 동요의 가사까지 머릿속에서 맴돌기 시작했다.

선록은 생각했다. 가족들이 마치 '작은 별 변주곡' 같다고. 평소에는 동요 '작은 별'처럼 각자 잔잔하게 살아가지만, 무엇인가 새로운 상황이 닥치면 마치 다른 곡처럼 순식간에 달라지는 것이 말이다.

생각해 보면 비단 그들 가족뿐만 아니라 모든 사람의 삶도 그럴 것이라고. 가사도 다르고 템포도 달라서 전혀 다른 곡이라고 생각하지만, 알고 보면 그 중심에 흐르는 멜로디는 똑같은 것일지도 모르니까. 모두가 서로 다르다고, 내가 더 특별하다고, 나는 더 힘들다고, 그렇게 외치는 우리네 삶도, 결국 그 중심에 흐르는 멜로디는 결국 다 같은 거라고……. 그래서 조금 겁나고, 조금 위험하고, 조금 귀찮아도 자신들에게 온 그들의 삶을 한번 들여다봐야겠다고 생각했다. 그러면 그 안에서 우리 모두가 공감할 수 있는 멜로디를 찾을 수 있을지도 모르니 말이다.

12

한옥-1

　장인은 곧바로 용식의 사무실로 향했다. 미리 전화하니 계약 하나가 있다고 해서 사무실로 가기로 했다. 가는 길에 선록의 아파트 단지와 그 앞에 있는 성당, 건너편에 있는 한옥도 눈에 들어 왔다. 지금은 불이 꺼져 있어서 아무것도 보이지 않았지만, 문득 저곳에서 무슨 일이 벌어질 수도 있다고 생각하니 보는 것만으로 도 심장이 두근거리기 시작했다.

　"무슨 일이야? 또 뭐 있어?"

　용식은 갑자기 찾아온 장인을 계약하겠다는 고객의 전화보다 더 반겼다. 용식의 그런 마음을 이미 꿰고 있는 장인은 부담스럽 기는 했지만, 원하는 정보를 얻어야 하니 조심스럽게 물어보기 로 했다.

　"이거 먹어. 올해는 더 달아, 포도가."

"알지. 지난번에 사다 먹었잖아. 무슨 일인데? 뭔데? 뭐가 궁금한 거야?"

장인은 그런 용식의 표정을 보며 차라리 잘 됐다는 생각도 들었다.

"괜히 어디다 말하고 다니지 말고……."

"알았어. 뭔데?"

"또 괜히 흥분 좀 하지 말고."

"거참, 알았다고!"

장인은 일부러 좀 시간을 끌면서 조심스럽게 용식에게 물었다.

"저 앞에 한옥 팔렸어?"

"어. 왜? 거기 뭐가 있어?"

용식은 호들갑스럽게 일어나더니 그 한옥을 보면서 장인에게 말했다.

"누구한테 팔렸는데?"

"젊은 여자 손님이 샀지. 저기다 카페나 하겠다던데."

"카페?"

"저기가 원래 그 강만이 삼촌이 살던 데잖아. 뒤에 조그만 배 농사지으면서. 근데 아파트 짓는다고 조합 설립하고 동의서 받고 다닐 때, 그 자식놈들이 알박기해서 떼돈 벌겠다고 땡깡을 피다가 결국 팔지도 못하고, 개발 구역에서 제외돼서 개털 됐지. 그런데도 그 자식놈들이 정신을 못 차리고 계속 거기 있어야 한다느니, 거기서 농사도 짓고 동물도 길러야 보상금이 많아진다느니, 그렇게 노인네 고생을 시킨 거야. 이번에 시에서 진행하는 공원 계획에서까지 제외되고 나서 진짜 안 되겠다 싶었는지 내놓은 거지. 저기가 진짜 쓸모없는 땅이 돼버렸거든."

"그래?"

"근데 갑자기 저기를 사겠다는 임자가 나타났으니 얼마나 신났겠어. 심지어 꽤 잘 받았다니까. 그 사이에 땅값도 좀 올랐고, 알아보니까 용도 변경도 된다고 해서 강만이 삼촌이 배짱을 좀 부렸지."

"그 카페한다는 사람은 어떤 사람이야? 결혼은 했대? 애는 있고? 언제부터 한대?"

"모르지. 거래는 지난달에 됐는데, 그 뒤로 한 번도 본 적이 없어. 보통 그렇게 급하게 계약을 하면 바로 다음 날부터 공사를 하기 마련인데, 벌써 며칠째 코빼기도 안 보이더라고. 어……, 잠깐. 생각해 보니까, 그때 그 공장 사건이랑 비슷하네……."

갑자기 흥미진진하다는 표정을 짓는 용식이었지만, 장인은 더 들을 정보는 없다고 생각했다. 그래서 꼬치꼬치 캐묻는 용식을 대충 뿌리치고 사무실 밖으로 나왔다.

그때 한옥으로 들어가는 그림자가 보였다. 장인은 순간적으로 아파트 담장에 몸을 숨겼고, 숨을 죽이고 그곳을 지켜봤다. 사람이 들어갔지만 집 안에 불이 켜지지는 않았고, 창문 안에 아른거리는 작은 빛만 보였다. 아무런 소리도 들리지 않았다. 장인은 이걸 빨리 가족에게 알리는 것이 좋겠다고 생각했다.

"박 서방, 지금 내가 용식이한테 물어봤더니, 웬 젊은 여자가 카페를 한다고 샀다네. 근데 우선 뭘 당장 하는 건 없고, 급하게 계약을 하긴 했는데, 그 뒤로 코빼기도 안 보인다는 거지."

"여자면 아무래도 연호 엄마겠네요."

"내가 용식이네 사무실에서 나왔는데, 마침 어떤 그림자가 그 집으로 쑥 들어가는 거야. 근데 불도 안 켜고 아무 소리도 안 들리는데, 뭔가 작은 불빛이 아른거리기는 해."

"그래요? 그래서 지금 어디서 보고 계세요?"

"자네 아파트 단지 담 뒤에 숨어서 보고 있어."

전화 건너편 선록은 스피커폰으로 돌려 가족들과 통화 내용을 함께 들었다.

"아빠, 뭘 또 숨어서 보고 있어. 그 사람이 어떤 사람인 줄 알고!"

"그래, 아빠. 위험해!"

"장인어른, 제가 지금 갈게요."

"오빠는 무슨 용가리 통뼈야? 가긴 어딜 가!"

불안한 마음에 가족들이 저마다 호들갑을 떨고 있을 때, 선록이 말했다.

"아버지, 거기는 너무 위험할 수도 있고요. 어차피 잘 보이지도 않을 거예요. 저희 집으로 올라가셔서 베란다에서 보세요. 집안은 아니더라도 밭에서 뭔가를 한다면 충분히 보일 거구요. 저희 거실 서랍장에 아버지가 주신 쌍안경도 있어요. 저도 바로 집으로 갈게요."

"그래, 알았어."

장인은 선록의 말에 따라 바로 아파트로 올라가려고 했다. 그때 문득 생각나는 것이 있어서 용식의 사무실 앞에 세워둔 자신의 트럭으로 가서 무엇인가를 꺼내왔다. 그러고는 한옥 앞으로 조심스럽게 다가가서 병에 든 액체를 문 앞에 잔뜩 쏟아버리고, 빈 병을 트럭에 던진 후 서둘러 선록의 집으로 올라갔다.

문자로 받은 비밀번호를 누르고 들어간 선록의 집은 평소에도 자주 오던 곳이라, 불을 켜지 않고도 헤매지 않았다. 바로 거실 서랍장에서 쌍안경을 꺼내서는 안방 베란다로 향했다.

"중동에서 사 온 게 이럴 때 쓸모가 있네."

선록의 집에 겨울이면 찾아오는 백로 떼를 보라고 아율이에게 준 쌍안경을 이렇게 써먹으리라고는 생각도 하지 못했다. 쌍안경 덕에 장인은 한옥의 상황을 자세히 관찰할 수 있었다. 희미하게 아른거리는 불빛이 여전한 걸로 보니, 아직 사람이 있음을 알수 있었다. 늦지 않았다는 생각에 참고 있던 숨을 몰아쉬며 장인은 잠시 한숨 돌렸다.

이윽고 변화가 있었다. 플래시 불빛과 함께 검은 옷을 입은 사람이 한옥 뒤쪽으로 이어진 밭으로 나왔다. 아무리 쌍안경으로 확대를 해도 깜깜한 밤에 장인에게 보이는 것은 검은 옷을 입은 사람이 밭쪽으로 나왔다는 정도였다.

얼굴이나 성별 등은 알아볼 수 없지만, 그의 행동은 어느 정도보였다. 그 사람은 삽으로 땅을 파고 있었다. 나무와 나무 사이의 공간에 삽으로 땅을 파는데, 뭐가 불안한지 계속 주변을 두리번거리며 삽질을 했다. 이미 시간은 9시가 넘었고 미사가 없는 날에는 그 근처로 사람이 돌아다닐 만한 곳이 아니었지만, 그는 이따금 주변을 살피며 땅을 팠다. 그러다 아파트를 향해 고개를 돌리는 그의 동작에 장인은 자신도 모르게 빨래 건조대 밑으로 주저앉아 버렸다.

"아, 저기서 내가 보일 리 없잖아……."

미친 듯이 뛰는 심장을 붙잡고 천천히 몸을 일으킨 장인은 떨어트린 쌍안경을 들어 다시 그 한옥을 살펴봤다. 그리고 초점을 잘못 맞춰 보게 된 다른 나무들 사이에서 이상한 것을 발견했다. 어두운 밤이라 정확하지는 않았지만, 그 밭에는 구멍이 하나가 아니었다. 밭에 있는 나무들 사이마다 모두 구덩이가 있는 것 같았다.

밝은 달빛에 비춰서 보이는 나무들 사이로 유난히도 더 어두워 보이는 구덩이들이 마치 지옥으로 이어진 입구처럼 느껴졌다. 얼핏 보이는 것만 세어봐도 스무 개는 넘었다. 나무들로 가려진 곳까지 계산해 본다면, 그 수는 어마어마할 것 같았다.

13

한옥-2

집에 돌아온 선영은 아율이를 방에 눕히러 갔고, 선록은 아버지와 함께 한옥 뒤에 있는 밭을 관찰했다. 쌍안경으로 보니 장인의 말대로 검은 옷에 검은 벙거지를 쓰고 검은색 마스크까지 쓴 사람이 삽으로 땅을 파고 있었다. 그리고 그 주변을 보니 나무들 사이로 정말 수많은 구덩이가 있었다. 지금 저 검은 옷의 사람이 연호의 엄마든 아빠든 누구든, 분명 무언가를 꾸미고 있었다.

그런데 생각해 보니 의외로 간단히 풀릴 일이었다. 신고를 하면 되는 것이다.

"제가 지금 신고할게요."

"뭐? 괜찮겠어? 뭐라고 신고하게? 나도 땅은 많이 파. 자기 밭에 땅 파는 걸 뭐라고 신고해?"

"우리는 저기가 저 사람 밭인지 아닌지 모르죠. 그리고 아무리

자기 밭이라고 해도 지금 이 시간에 불도 안 켜고 땅을 파는 건 충분히 수상한 일이잖아요. 우리는 그냥 우연히 베란다에서 밖을 보다가 너무 이상한 일이 있어서 신고한 것뿐이니까요."

선록은 그대로 전화기를 꺼내서 112로 전화했다. 잠시 후 순찰차가 그 한옥 앞으로 와서 차를 세우더니, 경찰 둘이 내려서 문을 두드렸다. 밭에서 땅을 파던 검은 옷의 사람은 동작을 멈췄고, 계속 두드리는 경찰의 소리에 뒷문으로 급하게 들어갔다. 그리고 잠시 후 대문으로 나온 그 사람은 경찰과 뭔가를 이야기했다. 그러고는 경찰과 함께 대문 밖으로 돌아서 밭쪽으로 향했다. 그곳에서 밭 안쪽을 설명하며 무엇인가를 말하는 듯했다. 그의 설명을 다 들은 듯한 경찰은 인사를 하고 차에 타서는 돌아갔다.

경찰이 돌아간 것을 확인한 그는 갑자기 그 자리에 서서 천천히 선록의 아파트를 올려다봤다. 이 정도 거리에서는 자신들이 전혀 보이지 않을 것을 알지만, 선록과 장인과 선영은 베란다 난간 밑으로 주저앉아 몸을 숨겼다.

잠시 후 선록은 외투를 들고 뛰어나갔다.

"어디가?"

"1층."

더 이상 그가 그곳에 머물지 않을 거라고 선록은 생각했다. 선록이 한 신고로 인해 누군가가 자신을 지켜보고 있다는 사실을 알

앉기 때문이다. 선록이 경찰에 신고한 이유도 그 부분을 노린 것이다. 그렇다면 지금 그의 얼굴을 확인해야 한다. 아니면 뒤를 쫓아 어디 사는지라도 알아내거나.

그래서 선록은 선영과 장인에게 설명할 새도 없이 급하게 1층으로 내려갔다. 엘리베이터를 기다릴 여유도 없어서 비상구 계단을 한 번에 두세 개씩 뛰어내렸다. 그의 심장은 미친 듯이 뛰고 있지만, 정신은 더 맑아지는 기분이었다.

지금 저 검은 옷의 정체는 누구일까? 연호 엄마? 그렇다면 왜 지금 이 시간에 땅을 파고 있는 걸까? 계단을 내려오면서도 수많은 생각들이 선록의 머릿속을 채웠다.

1층에 도착하자마자 아파트 단지 옆문으로 뛰어가서 장인의 트럭 뒤에 몸을 숨기고 한옥의 대문을 지켜봤다. 그리고 선영에게 전화를 걸었다.

"내가 내려가는 동안 혹시 그 사람 나갔어?"

"아니, 지금 막 뒷문으로 집에 들어갔어. 아마 곧 나갈 거 같아. 오빠는 어딘데?"

"나 아버지 트럭 뒤. 그 사람 얼굴 좀 보려고."

"미쳤어? 그러다 들키면 어쩌려고."

"걱정 마. 잘 숨어 있어."

그때 한옥의 대문이 천천히 열렸다. 선록은 말없이 전화기를 들고 있던 손을 내리고 대문에 집중했다. 대문은 마치 슬로 모션을 걸어 놓은 것처럼 천천히 열렸다. 그리고 검은 옷을 입고 검은 벙거지를 쓴 사람이 나왔다. 그는 뒤돌아 대문을 잠그고는 다시 그 자리에서 주위를 살폈다.

그때 선록은 그 사람과 정면으로 마주쳤다. 순간 심장이 입 밖으로 튀어나오는 듯했다. 다행히 소리는 내지 않았지만, 놀란 표정을 감출 수 없었다. 그런데 그는 선록을 못 본 건지, 아무렇지도 않게 성당 옆길로 사라졌다.

선록은 다리가 풀려 그 자리에 주저앉고 말았다. 그때 휴대전화에서 크게 자신을 부르는 선영의 목소리가 들렸다.

"오빠! 오빠! 무슨 일 있어? 왜 대답이 없어? 그 사람 얼굴 봤어? 진짜 연호 엄마야?"

"나야 모르지. 연호 엄마를 본 적이 없는데. 근데 아니야, 이 사람은 남자야. 어두워서 얼굴을 똑똑히 본 건 아니지만, 분명히 모르는 남자야."

"그래? 연호 아빠인가?"

"그것도 모르지 나는……. 근데 나 그 사람이랑 눈 마주친 거 같거든? 내가 트럭 뒤에 숨어서 보고 있는데, 그 사람이 대문으로 나와서, 문을 잠그고는 주변을 두리번거리더라고. 그때 나랑 시선이 분명 마주친 것 같은데, 그 사람은 못 본 것처럼 그냥 가더라고.”

“당신은 분명히 본 거 맞고? 눈이 나쁜가?”

선록은 선영의 엉뚱한 말에 또 갑자기 웃음이 터졌다.

“난 진지한데 왜 웃고 그래? 원래 난시거나 밤눈이 어두우면 눈살을 찌푸리고 보잖아.”

선영 덕분에 긴장이 풀렸다. 그때 선록의 머릿속에 스치듯 지나가는 장면이 있었다. 천천히 대문이 열리며 그가 나오는 사이에 얼핏 대문 안쪽 모습이 보였는데, 무언가가 꽤 많이 놓여 있었다.

14
폴라로이드

선애는 조금 늦은 시간이었지만, 미연에게 연락했다. 조리원 동기 중에 벤을 가장 많이 잡았다고 했다.

"어머! 웬일이니?"

"잘 지내지? 혹시 지금 통화 잠깐 가능해?"

"아니…… 내가 지금 좀 그런데. 혹시 괜찮으면 그냥 우리 집으로 올래? 마침 우리 조동들 집에 와 있어. 오늘 남편이 애들 데리고 캠핑 갔거든."

"아, 그래?"

"내가 주소 찍어줄 테니까 와. 와서 얘기해."

미연은 여전했다. 여전히 자기 마음대로 말하고 행동했다.

"강남에 산후조리원 유명한 A 알지? 거기는 가격도 가격인데,

자리도 쉽게 안 나서 우리 어머님이 우리 결혼하자마자 선불로 예약 잡아놓으셨거든. 임신축하 선물 미리 준비하신다고. 그런데 여기 산부인과가 우리 남편 동기가 하는 데잖아. 이 동네 사는데, 안 들어올 수가 없다고 남편이 하도 사정사정해서, 그래서 서기 예약비로 백 하나 사고 이리로 왔지."

아무도 물어보지 않은 것이었다. 모두들 자신의 방에서 대부분의 시간을 보내는 조리원에서, 미연은 언제 어디서나 보이는 존재였다. 사우나실에서, 족욕실에서, 마사지실에서, 신생아실에서……. 선애가 어디를 가든 미연을 만났고, 그녀는 항상 묻지도 않은 이야기들을 끊임없이 늘어놓고는 했다.

"집이 어디야? 자가야? 전세야? 남편은 뭐해? 혹시 맞벌이해?"

기본적으로 집이 어딘지부터 물어보는데, 이유는 자신이 이 신도시에서 제일 비싼 아파트에 산다는 것을 알려주고 싶은 마음과 상대방의 자산에 따라서 다른 대우를 하기 위함이었다. 남편 직업을 묻는 것도 자기 남편이 의사임을 내세우기 위해서였다. 선애는 자신과 결이 맞지 않는 사람이라고 느껴서 처음부터 그녀와 거리를 두었다. 그럼에도 그녀는 자신에게 적극적으로 다가왔다. 그리고 조리원 동기들끼리의 커뮤니티가 있다 보니 가끔은 함께 어울릴 수밖에 없었다.

갑자기 자기 집으로 오라는 그녀의 말에 선애는 뭔가 거부감이 들었지만 어쩔 수 없었다. 급한 건 자신이기 때문에, 내키지 않았지만 어쩔 수 없이 그녀의 집으로 향했다.

그녀의 집은 생각보다 훨씬 화려하고 유난스러웠다. 47평 아파트는 중문부터 금색에, 집 안은 연핑크와 골드로 인테리어가 되어 있었다. 프레임으로 장식된 복도를 지나자 넓은 거실이 펼쳐졌는데, 그곳에는 한쪽 벽을 가득 채운 100인치 TV와 연한 핑크빛 세무 재질의 커다란 소파가 놓여 있었다. 소파 앞에는 대리석 소파 테이블이 놓여 있는데, 그것과 세트로 보이는 큰 식탁이 주방 앞쪽에도 있었다.

조리원 동기 둘이 와 있는데, 모두 선애와는 그다지 친하지 않았던 이들이다. 미연의 말투에는 살짝 도도함이 묻어 있었다.

"근데 진짜 웬일이야? 나한테 전화를 다 하고?"

"좀 물어볼 게 있어서."

익숙하지 않은 분위기에 선애는 자신도 모르게 주변을 두리번거렸다.

"마침 어제 인테리어 공사가 다 끝나서 오늘 들어왔거든. 아직 손볼 데도 많고 살 것도 많기는 한데, 하도 애들이 궁금하다고 난리를 쳐서 오늘 다 불렀지 뭐야."

여전히 미연은 묻지도 않은 걸 말했다. 이런 이야기를 마냥 들어주고만 있을 수는 없는 선애가 조심스럽게 말을 꺼냈다.

"실은 내가 얼마 전에 벤을 잡았거든"

"그래? 뭐 샀는데?"

"이거."

선애는 감귤마켓을 통해 구매한 백을 식탁에 올려놓았다. 미연은 의향을 묻지도 않고 마음대로 들고 이리저리 보기 시작했다.

"그치? 어째 들어오는 순간부터 눈에 들어오더라. 이게 진짜 이쁘긴 해. 이거 처음 나왔을 때부터 사고 싶어서 알아봤는데, 한국에 들어온 수량이 너무 적다는 거야. 벤이 올린 거 나도 봤어. 벤한테 많이 샀지. 얘네한테도 내가 알려줬어."

다른 동기들은 가지고 온 가방과 옷이 벤을 통해 잡은 거라고 말해주었다.

"난 이 가방이랑 트렌치코트 하나 샀어. 샀을 때는 기분 좋았는데, 좀 찜찜해서⋯⋯."

"솔직히 찜찜하긴 하지. 난 이제 안 사. 너무 걸리는 게 많거든."

"뭐가?"

"그거 알아?"

비밀을 말할 것처럼 분위기를 잡는 미연의 말에 선애는 자신도 모르게 반응했다. 그런 선애의 반응이 마음에 들었는지 미연은 시간을 끌었다.

"하도 도도하게 굴길래, 내가 벤이 누군지 좀 알아봤거든?"

"누군데? 뭔데? 뭐가 있어?"

"이거 파는 사람, 배달기사야."

선애는 이미 알고 있는 정보여서 맥이 빠졌다. 뜸을 들인 미연에게 자신도 모르게 실망 섞인 표정을 드러냈다.

"아…… 그래? 근데 그게 뭐?"

"뭐라니? 너도 알잖아. 지금 이 자리에 있는 것만 해도 얼만데. 그걸 배달기사가 어떻게 다 사? 말이 돼? 게다가 짝퉁이 아닌 것도 다 확인했잖아. 그거 자체가 진짜 이상한 거지. 분명 어디서 훔친 걸 거야."

"아닐 수도 있지 않아? 그 사람이 얼마를 버는지, 원래 어떤 일을 했던 사람인지 모르잖아."

"너도 벤 판매 목록 봤잖아. 배달기사 아니더라도 이게 일반 직장인 월급으로 되니? 그리고 그것뿐인 줄 아니? 더 있어!"

"뭔데?"

선애는 이번에도 별거 아닐 거라는 생각에, 자세도 고쳐 잡지 않고 그대로 건성으로 들으려 했다.

"사는 물건마다 사진이 들어 있잖아. 가뜩이나 쓰던 거라서 좀 찝찝한데, 사진이 들어 있으니까 더 기분이 이상하지."

선애는 사진이라는 말에 눈이 커졌다. 자신이 산 물건에만 들어있는 줄 알았는데, 다른 사람들이 산 물건에도 있었다. 그렇다면 그 사진에도 뭔가 비밀이 있을 것만 같았다.

"맞아. 나도 그랬어. 남의 물건 사 왔는데 거기서 사진이 나오면 뭔가 등골이 싸하다니까?"

"넌 사진 안 나왔어?"

선애는 순간 당황했다. 당연히 자신이 산 물건에도 모두 사진이 있었고 이야기해도 상관없지만, 자신은 그 사진의 주인공이 누군지 이미 알고 있다.

미연은 선애의 대답을 듣지 않고 말을 이어갔다.

"나 근데 제일 기분 나빴던 게 뭐냐면, 사진 속에 있는 사람이 내가 아는 사람이라는 거야."

"뭐?"

"잠깐만 기다려 봐."

미연은 갑자기 자신의 방으로 들어갔다. 그리고 잠시 후 10장도 넘는 폴라로이드 사진을 가지고 나타났다. 선애는 한눈에 알아볼 수 있었다. 그 사진 속의 남자는 분명 태호였다.

"내가 처음에는 사진이 자꾸 나오는 게 찝찝해서 그냥 버리려고 했는데, 자꾸 보다 보니까 분명 안면이 있는 사람인 거야."

"누구? 남자?"

미연이 가지고 온 사진을 열심히 보고 있던 다른 동기들과는 다르게 사진은 보지도 않고 있던 선애가 그런 질문을 하니 미연은 의심의 눈초리로 그녀를 바라보며 말했다.

"너도 있었지? 사진?"

"어? 어……."

"그치? 그러니까 남잔지 여잔지 알지."

"근데 이 사람, 네가 아는 사람이라고?"

"알지. 이 남자도 알고, 여자도 알고."

선애는 갑자기 입안이 바싹 마르기 시작했다. 아마 미연을 알고 나서 처음으로 그녀의 말에 집중하는 순간이었던 것 같다. 미연은 그런 선애의 태도가 마음에 드는 듯 천천히 말하기 시작했다.

"예전에 내가 진짜 좋아하던 배우가 있었어. 진짜 잠깐 확 뜬 배우라 사람들은 잘 모르는데, 나는 그때 그 언니 포스가 진짜 좋아서 엄청 쫓아다녔거든. 이 언니 팬클럽 내가 처음 만들었어. 근데 그 언니가 언젠가부터 슬슬 방송에 나오지 않더라고. 하필 그때 나도 바빠질 시기여서 그냥 그렇게 점점 시들해졌어. 그 언니를 몇 년 전에 우리 동네에서 본 거야. 그 언니 분명 나를 알거든? 내가 팬클럽 초대 회장인데……. 아는 체도 안 하더라고. 심지어 나를 그냥 무시하는 거야. 너무 화가 나는 거 있지."

"그래서? 그 사람이 누군데?"

"아, 그냥 좀 더 들어봐. 내가 너무 기분이 나빠서, 우리 남편 친구 중에 그쪽으로 유명한 기자가 하나 있거든. 살짝 흘렸지. 우리 동네에 그 언니가 산다고 말야. 그랬더니 유명하진 않아도 연예인은 연예인인지, 한때 그 바닥에서는 핫했더라고. 알고 보니 사라진 사이에 일본에 가서 활동을 좀 한 거 같은데, 거기서 이상한 누드집도 찍고, 웬 남자랑 불륜도 하고, 혼외 자식도 낳고, 난리였더라고."

"그래서?"

"그래서는 뭐가 그래서야? 이 사진의 여자가 그 언니라고! 그 남자는 지금은 배달이나 하고 있는 그 언니 매니저고. 감귤마켓에서 파는 명품들도 그때 돈 벌어서 사놓은 것들, 이제 돈 떨어져서 파는 걸 거야. 그래서 더 사지 말라고 한 거야. 찝찝하잖아. 망해서 파는 물건들이니까."

너무 중요한 정보들을 알게 된 것은 사실이지만, 선애는 이런 이야기에 적응이 되지 않았다. 하지만 선영은 그 명품을 파는 전직 연예인의 이름이 필요했다.

"그래서 그 여자 이름이 뭔데?"

"왜? 알려고 하지 마. 그냥 못 들은 셈 쳐."

"그게 무슨 말이야? 그게 말이 돼?"

미연은 선애의 다그침에 주저하다가 어쩔 수 없다는 듯이 말했다.

"기자가 아직은 아무한테도 말하지 말라고 했어."

조동이 끼어들었다.

"그럼 지금 엠바고, 뭐 그런 거야? 멋있다~."

선애는 정말 화가 났다. 미연이 자기 행동을 자랑하듯 떠벌리는 것에도 화가 나고, 말도 안 되는 이유로 그 여자의 이름을 말하지 않는 것도 화가 났다. 그 여자의 이름을 알아내는 게 선애에게 도움이 될지는 알 수 없지만, 다른 사람의 아픔을 가지고 자신의 재미와 이익을 만들려는 미연의 행태가 괘씸했다. 그저 이 대화를 통해 벤에 대한 정보를 얻은 것만으로 만족해야만 했다.

하지만 미연의 이야기를 들으면 들을수록 뭔가 이상하다는 생각을 지울 수 없었다.

15

배달-1

장인은 이지연이 주문한 샤인머스캣 100상자를 만들기 위해 새벽부터 밭에 나가 있었다. 장인은 원래 포도를 미리 따서 후숙을 하지 않고, 고객이 오면 그 자리에서 따거나 주문이 들어오면 찾으러 오는 시간에 맞춰서 했다. 이번 100상자도 과수원 일정에 맞춰서 준비해달라고 한 것이기 때문에 좀 더 여유 있게 수확해도 됐다.

하지만 주문의 의도를 알게 된 장인은 조바심이 났다. 되도록 빨리 끝내고 싶었고, 그래서 새벽부터 밭에 나왔다. 농작물이 지키고 서 있다고 더 빨리 익는 것은 아니지만, 부지런히 한 송이 한 송이를 확인하다 보면 그중에서 팔 만한 포도들을 먼저 수확할 수는 있다. 장인은 그렇게 부지런히 움직여서 오전에 40상자를 준비할 수 있었다.

"40상자 맞춰놨으니까, 오늘부터 가능하면 시작하자고."

장인의 문자에 선록과 완수는 바로 과수원으로 향했다. 그들의 속마음도 장인과 같아서, 하루라도 빨리 배달을 가야겠다고 생각했기 때문이다. 선록과 완수는 각자 20상자와 편지를 챙겨 들고 배송지로 출발했다.

"포도를 배달하는 건 맞는데, 아무래도 같이 전해달라고 한 편지를 빼놓고 주는 게 좀 걸리기는 해요. 물론 그 여자가 편지를 쓰는 과정에서 이미 본인의 목적을 달성한 것이라 해도, 뭐든 그들에게 배송이 되었다는 반응은 좀 있어야 하지 않을까요?"

"그럼 어떻게 하자고? 편지를 넣어서 주자는 말이야?"

"그러면 또 그것대로 문제가 될 수 있으니까요. 차라리 다른 편지를 넣어주는 건 어때요?"

"편지를 우리가 새로 쓰자고? 뭐라고? 우리가 그 사람들과의 관계를 모르는데 무슨 편지를 써?"

"그렇지. 우리는 아는 게 없으니까 쓸 수 있는 내용이 없지. 그런데 아무리 그래도 그 여자가 편지와 함께 전하고자 하는 메시지가 있었다는 사실은 우리도 전해야 할 거 아니야. 그래서……."

"그래서?

"이름만 쓰고 빈 편지를 보내자는 거지."

"빈 편지?"

"생각해 보세요. 지금 이 편지에 적혀 있는 내용은 모두 저주에 가까운 부정적인 내용뿐이에요. 그래서 우리가 이 편지를 그대로 주지 못하는 대신 이 여자의 이름만 적은 빈 편지를 보낸다면, 받는 사람들의 마음은 어떨까요?"

"관계에 따라서 다르겠지. 뭔가 잘못한 게 있는 사람이면 불안할 거고, 원래 친분이 깊었던 사람이라면 궁금할 거고."

"그러니까요. 빈 편지를 받으나 저주의 편지를 받으나 반응은 비슷할 거예요."

"그럼 결국 원래 편지를 전달하지 않고도 그 편지를 받은 것과 비슷한 반응을 끌어낼 수 있다는 말이네."

"그렇죠. 심지어 저희가 전하는 과정에서 그들이 편지를 읽는 상황을 볼 수만 있다면, 그 여자와의 관계도 유추할 수 있겠죠."

"관계를 알아서 뭐 하게?"

"그 여자에 대한 정보를 얻어야죠. 연락처든, 주소든. 그런데 그 여자와 관계가 좋지 않은 사람들은 당연히 정보를 줄 생각도 없을 것이고, 우리를 더 의심하거나 문제가 될 수 있으니 어떻게 해서든 그 여자를 걱정하는 사람을 찾아서 정보를 받아야만 우리가 뭐라도 해볼 수 있겠지요."

"결국 빈 편지를 받고도 그 여자를 걱정하는 사람에게서나 받을 수 있는 정보겠네. 그런데…… 이 편지들로 봐서는 그런 사람이 있을까 싶다.”

늦은 저녁에 배달을 하는데도 수신자의 반은 집에 없었고, 전화하면 대부분 의아해하거나 무심하게 받아들였다.

“그냥 문 앞에 두고 가세요!”

집에 있는 사람도 하나같이 이지연의 이름을 듣자마자 비웃는 듯한 표정으로 바뀌고, 포도도 대충 받아 갔다. 그중에 몇몇은 선록과 완수 앞에서 바로 편지를 꺼내 읽기는 했지만, 빈 편지지를 보고도 아무 반응이 없거나, 그 편지에 또 기분이 나빠졌는지 집으로 휙 들어갔다.

그날, 그다음 날, 며칠 동안이나 별 수확이 없었다. 포도를 배달받는 사람들은 그녀의 선물에 아무도 고마워하지 않았고, 내용 없는 편지에도 별다른 반응이 없었다. 마치 상관없는 사람인 것처럼.

“아무도 고마워하지도 않고, 심지어 놀라지도 않아. 우유배달이라도 받듯이 너무 당연하게 받아들여. 이름만 있는 이런 편지를 받아도 이상하게 생각하는 사람이 하나도 없다.”

“과연 잘 받았다고 연락하는 사람이 한 명이라도 있을까요?”

“웃긴 건 안 받는 사람도 없고, 모르는 사람이라면서 반송하지도 않아. 그러니까 이 사람은 싫어도, 지금껏 이 사람이 베푼 호의는 좋았던 거야."

"맞아요. 제 쪽도 그랬어요. 이 사람들이 다 그 여자를 이용하고 있거나, 만만하게 보는 사람들인 것 같아요."

"근데 배달 주소지를 보니까, 받는 사람 몇몇은 직함이 피디, 작가, 기자야. 벤이 어쩌면 전직 연예인이라고 했지? 뭔가 연결되는 사람들인 것 같아."

선록과 완수가 마지막으로 배달을 가던 날 과수원에서 만나 이야기를 나누었다. 그날은 먼 곳들이 주로 남아서 둘 다 반차를 내고 이동하기로 했다. 좋은 내용이 써 있던 그 한 곳만 빼고는 오늘 내로 모두 배달을 마칠 수 있을 것 같았다.

"여기는 어떡할까요? 그래도 좋은 편지니까 그대로 배달해 주면 될 것 같은데. 제 쪽 동선에서 움직이면 이것까지 가능할 거 같아요."

"여긴 마지막에 가는 게 좋을 것 같아."

"예, 그럴게요. 아무래도 저는 그때 와이프 조동이 했던 말이 좀 걸려요. 그 태호라는 사람이 매니저였고, 사진에 같이 있는 사람이 연예인이었다는 말. 그래서인지 이 포도를 받는 사람들이 왠지 다들 연예계 사람들 같잖아요."

"맞아. 그래도 다 추측일 뿐이니까, 우리가 할 수 있는 한 최대한 알아보고 얘기하자고."

154

마지막 편지를 맡은 완수는 강원도 쪽으로 배달을 갔다. 그날은 선애도 반차를 낼 수 있어서 완수와 함께 갔다. 먼 지방으로 가는 배달은 조금 다른 느낌이었다. 서울 주소지의 사람들이 도도하고 냉정했다면, 지방에서 포도를 받는 사람들은 그나마 당황하고 놀라는 반응 정도는 있었다. 심지어 매년 받던 사람이 아니었는지 이지연의 이름을 잘 못 알아듣는 경우도 있었다. 그 이름을 들었을 때 확연하게 표정이 달라지거나 편지를 보고 긴장하는 모습을 보이기도 했다. 지방에 있는 사람들은 이곳에 오래 머물던 사람이 아니라, 지방에 내려온 지 얼마 안 되는 사람인 것처럼 느껴지기도 했다. 완수는 이동하는 도중 선록에게 전화를 걸어 이야기했다.

　　"차이가 뭘까?"

　　"그러니까요. 뭔가 분명 있는 것 같은데……."

　　"형님은 아직 한참이죠? 저희는 이제 한 시간이면 동네에 들어가요."

　　"어. 나는 지금부터 4시간은 걸릴 것 같아."

　　"제가 마지막 배달하고 전화드릴게요."

　　완수와 선애는 선록과의 전화를 끊고 마지막 배달지로 향했다. 그들의 가슴이 조금씩 뛰기 시작한 건 100박스의 포도를 드디어 다 배달했다는 성취감보다는, 마지막 배송지에서 이지연에 대한 정보를 얻을 것이라는 기대감이 컸다.

"나 여기 와 본 것 같아. 지난번에 타프 텐트 샀던 데가 이 동네야."

"그 타운하우스?"

완수는 텐트를 샀던 집을 지나 제일 밑에 있는 라인으로 내려와서 오른쪽에 있는 타운하우스 앞에 차를 세웠다. 그리고 샤인머스캣 박스를 들고 현관 앞에 섰다. 오늘 배달을 다니는 내내 선애는 차에서 기다리고 완수가 혼자 다녔는데, 지금은 마지막 배달이기도 하고 이지연이 유일하게 고맙다고 말한 대상이 누구인지 궁금해서 선애도 함께 내렸다.

완수와 선애는 마지막 배달을 앞두고 있다. 왠지 심장이 조금씩 뛰기 시작하고 손발에 땀도 났다. 선애가 문 옆에 있는 초인종을 눌렀다. 초인종 너머로 작은 멜로디가 흘러나왔지만 반응은 없었다. 잠시 아무 말도 하지 않고 기다렸다. 멜로디가 끝날 때까지 아무런 답이 없었다. 완수가 다시 한번 초인종을 누르자 여자 목소리가 들렸다.

"누구세요?"

"이미나 씨 계세요?"

"전데요? 누구시죠?"

"포도 배달 왔습니다."

"포도 배달이요? 저는 시킨 적이 없는데요."

"이지연 씨가 보내신 겁니다."

"네? 아…… 그냥 앞에 두고 가세요."

완수와 선애는 인터폰으로 전해지는 그녀의 태도가 지금까지의 사람들과 크게 다르지 않다는 생각이 들었다. 그대로 돌아가기엔 너무 아쉬운 마음이 생겨 완수는 초인종을 다시 눌렀다.

"앞에 두고 가시라고요."

"아뇨, 이지연 씨가 편지도 전해달라고 하셔서요."

"그럼 옆에 우편함에 넣어주세요. 감사합니다."

친절하지만 차가운 목소리의 여자는 귀찮다는 느낌으로 인터폰을 끊었다. 완수와 선애는 다른 집과 다르게 긴장했던 게 우스워졌다. 이 집은 뭔가 다르리라고 생각했던 기대가 무너져 아쉽기도 했다. 아쉬움에 잠시 서 있다가, 다 끝났다고 생각한 완수가 선애에게 말했다.

"두고 가자."

"그래. 어쩔 수 없지."

그렇게 현관 밑에 샤인머스캣 상자를 두고 편지를 우체통에 넣으려는 순간, 인터폰에서 여자 목소리가 들렸다.

"저기 여보세요? 가셨어요?"

다급한 목소리에 놀란 완수는 자기도 모르게 큰소리로 대답했다.

"아니요! 안 갔습니다."

"포도를 보낸 사람이 누구라고요?"

"이지연 씨요!"

"이지연…… 이지연이라고 하셨어요?"

"예!"

"잠시만요."

집주인은 한참 지나서야 떠오른 사람이 있는 듯, 허겁지겁 뛰어나왔다. 집주인 여자를 보고 완수와 선애는 놀랐다. 집주인은 인기 탤런트 이미나였다. 이미나는 90년대 후반 아역으로 데뷔해 지금은 중견 배우이긴 하지만, 40대 중반에도 자기관리를 아주 잘해서 요즘도 방송이나 SNS상에서 아주 핫한 연예인이다. TV를 자주 보지 않는 완수도 한 번에 알아볼 수 있었다. 선애는 SNS 팔로우도 하고 있어서 많이 놀랐다.

"이미나…… 씨?"

완수와 선애가 놀라서 이름만 말하는 동안 그들 앞에 도착한 이미나는 익숙하다는 듯 당황하지 않고 말했다.

"예, 그 이미나 맞아요. 여기는 밴드 트러스트 연습실 겸 제 개인 사무실이에요."

"아…… 저…… 어……."

"이 동네 사람들은 다 아시는 줄 알았는데……. 아, 이 동네 분들이 아니시죠? 그보다 아까 얘기하신 그 편지 좀 줄래요?"

완수와 선애는 연예인 이미나의 등장에 놀라 그대로 멈춰버린 상태였고, 답답한 이미나는 완수의 손에 들려 있는 그 편지가 너무 궁금해서 기다릴 수가 없었다.

"저 실례해요."

이미나는 완수의 손에서 부드럽게 편지를 가져갔다. 편지 내용이 길지 않았기 때문에 오래 읽을 건 없지만, 그래도 거기 쓰여 있는 단어들과 그녀의 글씨체를 보는지 한참 동안 말이 없었다. 완수와 선애는 그제야 이미나의 반응이 눈에 들어오기 시작했다. 완수는 바닥에 내려놓았던 샤인머스캣 상자를 조용히 들고 이미나에게 내밀었다.

"이 포도를 전해드리라고 했어요."

이미나는 또 말없이 완수가 내미는 포도 상자를 보고는 완수에게 물었다.

"퀵서비스나 배송 업체에서 오셨나요?"

"아니요. 저희는 이 포도 농장에서 왔어요. 이 포도는 저희 장인어른께서 기르신 거고요. 이지연 씨가 몇 년 전부터 저희 농장 단골이신데, 이번에 100상자나 주문을 하셨어요. 배달까지 해달라고요. 그중에 이미나 씨도 계신 겁니다."

"그럼, 이 편지는요?"

"편지도 같이 주셨어요. 다들 편지까지 함께 배달하고 있어요."

"아까 100상자라고 했나요? 딱 100상자요? 저까지?"

"네, 그런 걸로 알고 있어요."

완수의 대답에 이미나는 씁쓸한 미소를 지었다. 그리고 완수의 손에 들린 샤인머스캣의 포장을 뜯어 포도를 한 알 떼어 먹었다. 완수는 씻어 먹어야 한다고 말하려다 타이밍을 놓쳤다.

"달다. 이거 우리나라에도 있었네요?"

"얼마 안 됐어요, 들어온 지."

"꼭 자기 같은 선물을 했네."

이미나는 자신도 모르게 혼잣말을 했다.

"혹시 실례가 안 되면 이지연 씨 연락처를 좀 알 수 있을까요? 제가 감사 인사라도 해야 할 것 같은데, 연락처가 없어서요."

완수는 그녀의 연락처를 받고 싶은 것은 오히려 자기들이라고 말해야 하나 고민했다. 선애는 이지연의 연락처를 받을 기대를 품고 서 있다가, 이미나가 오히려 그녀의 연락처를 묻자 당황했다. 하지만 지금이야말로 정보를 얻을 기회라고 생각했다.

"실은 저희가 여쭤보려고 했어요. 몇 년 단골이시긴 한데, 매번 말없이 오셔서 현금으로만 구매해서 저희도 연락처가 없거든요. 근데 이번에 배달 관련해서 조금 문제가 있어서 연락을 드려야 하는데 방법이 없어서 저희도 좀 곤란해하고 있었습니다."

"왜요? 뭐가 문젠데요?"

"저희가 말씀드리기는 좀 그렇고요. 그분에게 전혀 연락이 안 되시나요? 혹시 어디 사시는지, 아님 가족이나 가까운 친구분 연락처라도……."

"없어요. 저도 얼굴을 본 건 워낙 오래됐고, 직접 연락한 것도 몇 달 전에 메신저로 한 게 다여서요."

"그럼 혹시 톡 아이디라도……."

완수는 다급한 마음에 얼떨결에 속마음이 나와버렸다. 그렇게 완수의 조급함이 나오자 이미나의 눈빛이 불신으로 변했다.

"이지연 씨가 결제를 수표로 하셨는데, 지급정지가 걸린 수표라서요. 저희가 아주 곤란한 상황입니다. 이미 배달은 다 했는데…… 그게 수금이 안 되는 거니까요."

이미나는 그렇게 말을 더듬으며 변명하는 완수를 보며, 차분하게 말했다.

"얼마예요?"

"예?"

"지급이 안 된 돈이 얼마냐고요."

완수는 또 예상치 못한 그녀의 반응에 당황해서 땀이 흐르기 시작했다. 선애도 당황한 것은 마찬가지였지만, 옆에서 지켜보고만 있어서 완수보다는 진정한 상태였다.

"천만 원이요."

"예?"

예상치 못한 금액에 움찔한 건 이미나도 마찬가지였다. 포도가 기껏해야 얼마나 할까 했는데, 생각 못 한 금액에 당황했다. 하지만 선애도 얼떨결에 나온 금액이라 다시 수습을 하며 말했다.

"총 1천만 원 중에 백만 원을 수표로 주셨는데, 그게 문제가 있어서요."

"그래요? 그건 제가 드릴……. 어?"

이미나는 백만 원 정도는 대신 낼 생각이었는데, 이야기를 나누다 우연히 선애가 입고 있는 트렌치코트가 눈에 들어왔다. 이미나는 말을 하다 말고 선애에게 다가갔다. 선애는 이미나가 다가오자 자기도 모르게 뒷걸음질을 쳤다. 이미나는 그보다 빠르게 선애에게 다가와 트렌치코트에 달린 벨트의 버클을 움켜쥐었다. 그 버클의 앞면에는 브랜드 로고가, 뒷면에는 이니셜이 음각으로 새겨져 있었다. 선애도 처음 보는 것이었다.

"L. J .Y."

이미나는 이니셜을 보더니 표정이 변했고, 무서운 눈빛으로 선애를 추궁했다.

"이걸 왜…… 당신이 입고 있어?"

16

배달-2

선록이 마지막으로 배달을 간 곳은 여수였다. 여수 시내에서 작은 카페를 하는 30대 후반의 한 여성에서 포도를 건넸다. 이 사람은 반응이 달랐다. '이지연'이라는 이름을 보고 나서부터 눈빛이 흔들리기 시작하더니, 상자에 담긴 샤인머스캣을 보며 한동안 아무 말도 하지 않았다. 선록은 왠지 이 사람이라면 무엇인가를 말해주지 않을까 생각했다. 아무 내용도 쓰여 있지 않은 편지를 본 그녀의 눈에 눈물이 맺혔기 때문이다.

"저…… 혹시 이 이지연 씨와 연락이 되시나요?"

"예?"

여자는 예상치 못했던 질문에 깜짝 놀라 선록을 바라봤다. 아마도 선록을 배송직원으로 생각했던 것 같다. 선록은 차분하게 설명했다.

"저는 이 포도 농장 사위인데요. 이분께서 얼마 전에 포도를 주문하시면서 주소랑 편지만 주고 가셨거든요. 결제에 착오가 있어서 연락을 드려야 하는데, 저희가 연락처가 없어서요."

그 여자는 선록의 질문에 궁금증이 풀린 듯, 처음에 그 이름을 들었을 때의 표정으로 돌아갔다. 그리고 다시 포도를 한참 보더니 무심하게 말했다.

"저도 몰라요. 예전에 한 번 전화를 해봤는데, 번호를 바꿨더라고요."

"아, 네……. 알겠습니다. 감사합니다."

선록은 아쉽지만 모른다는 대답에 더 이상 할 수 있는 것이 없었다. 이지연에 대해 더 물어볼까도 했지만, 그런 모습이 오히려 의심을 사 상대에게 부정적으로 작용할 수 있을 것 같았다. 실망했지만 어쩔 수 없이 가게에서 나가려다, 그래도 자신이 배달했던 곳 중에 유일하게 반응이 좀 다른 사람이었기에 뭐라도 해보는 게 좋을 것 같았다. 선록은 여자에게 자신의 명함을 건넸다.

"혹시 나중에라도 연락이 되거나 안부를 알게 되시면 이쪽으로 전화 부탁드립니다."

그 여자에게서 전화가 온 건 선록이 완수와 통화를 마치고 막 여수 톨게이트를 빠져나올 때쯤이었다.

"저, 조금 전에 포도 받은 사람인데요. 아마 매니저한테 연락해 보면 통화가 되실 거예요. 오랫동안 같이 일하던 사람이라 그분하고는 연락이 되는 걸로 알고 있거든요. 제가 매니저분 연락처를 보내드릴게요. 그런데요⋯⋯."

여자는 잠시 말을 멈추고 망설이는 듯했다.

"언니⋯⋯ 무슨 일 있는 건 아니죠?"

"예? 무슨 일이라뇨?"

선록은 여자가 무엇을 묻는지 알고 있었다. 그래서 자신들 말고도 이지연이라는 사람의 신변을 걱정하는 사람이 있다는 사실이 반갑기도 하고, 떨리기도 했다. 선록은 모르는 척 대답했지만, 그의 심장은 이미 미친 듯이 뛰고 있었다.

"저 혹시 그분께 뭔가 문제가 있나요? 저희도 연락이 안 돼서 걱정하고 있거든요. 나름 꽤 친분이 있던 단골이셔서⋯⋯."

"아⋯⋯ 그게요⋯⋯. 아, 아니에요."

여자는 뭔가 말을 하려다가도 계속 주저했다.

"그냥 혹시 연락되면⋯⋯ 포도 고맙다고 잘 먹겠다고 전해주세요."

"예, 알겠습니다."

선록은 전화를 끊었다. 뭔가 조금만 더 대화하면 많은 걸 알 수 있을 거라는 생각이 들었지만, 그의 마음에 계속 걸리는 것이 있었다. 자신이 처음 이지연이라는 이름을 듣고 떠올렸던 사람, 선애의 조동이 말한 이상한 소문 그리고 매니저……. 선록의 가슴을 계속 간질거리는 이 느낌이 무엇인지 알 수 없어서 불안했다.

그 이유는 휴게소에 들렀을 때 알 수 있었다.

"이거 네 사진 맞지? 이게 왜 내 카메라에서 나와?"

선록은 휴게소에서 필리핀으로 이민 간 민철의 보이스톡을 받았다. 선록은 민철이 보내준 사진을 보고 깜짝 놀랐다. 그 사진은 대학생으로 보이는 자신이 클럽에서 누구가와 건배를 하며 찍은 사진이다. 그 몇 장의 사진에는 자신과 아주 친해 보이는 한 여자가 있었다. 선록은 바로 알아볼 수 있었다. 이지연이었다.

"이 사진이 왜 형한테 있어요?"

"나도 모르지. 내가 필리핀 오기 전에 가족사진을 찍으려고 수동 카메라를 감귤마켓에서 샀거든? 근데 그 카메라 안에 필름이 몇 장 남아 있는 거야. 내 사진 찍고 나서 현상을 안 했는데, 지난주에 가방 정리하다가 이게 나와서 현상을 맡겼더니, 야! 너무 익숙한 얼굴이 있잖아."

"형이 산 게 빨간색 로모 카메라였어요?"

"맞아! 그게 네 꺼였니?"

"예, 제가 작년에 저희 본가 아파트에서 팔았는데, 그게 다시 우리 동네로 와서 형에게 간 거 같아요."

"그런가 봐. 진짜 너랑 내가 인연이기는 한가 보다."

작년 냉동탑차 사건이 있을 때쯤 선록이 감귤마켓을 통해 팔았던 빨간색 로모 카메라. 그 안에 어떤 사진이 찍혀 있는지 도무지 떠오르지 않아서, 아내가 오해할 사진이 있을까 봐 급하게 팔았던 것이다. 미처 필름도 빼지 못하고. 그 사진이 사람들을 거치고 거쳐 자신에게 돌아왔다.

"형, 지금 좀 정신이 없어서요. 제가 나중에 전화드릴게요. 아, 사진 보내줘서 고마워요."

선록은 혼란스러웠다. '이지연'이라는 낯익은 이름, 자신의 오래된 사진에 찍힌 익숙한 여자. 그리고 과수원에 이상한 주문을 한 같은 이름의 여자.

선록이 아는 이지연은 대학 시절 가장 가깝게 지내던 선배였다. 같은 과 선배이자 동아리도 같았다. 그녀는 선록이 입학하기 전부터 이미 교내 스타였다. 선록의 학교는 연극영화과도 아주 전통 있고 유명했는데, 그녀는 연영과 학생들보다 인기가 많았다. 성격도 밝고 활발해서 학교에서 하는 모든 행사를 휩쓸고 다녔고, 졸업 전에 기획사에 스카우트되어 연예인으로 데뷔했다. 저 사진은 그녀가 기획사에 들어가기 전, 이제 연예인이 되면 이렇게 못 논다며 친한 사람들과 홍대 클럽으로 놀러 갔을 때 찍은 사진이다. 선록은 이지연과 대학 시절 내내 꽤 친하게 지냈지만, 그녀가 데뷔한 뒤 학교에 나오지 않게 되면서 자연스럽게 멀어졌다.

선록이 이지연이라는 이름과 그 여자에게 매니저가 있다는 말에 심장이 뛰었던 것은 바로 그 이유였다. 이름만으로는 얼마든지 다른 사람일 수도 있다고 생각했지만,

매니저가 있다는 말에 자신이 알고 있는 그 이지연이 맞을 수도 있다는 생각이 강하게 들었다. 가족들이 걱정하던 존재가 자신이 알고 있는 사람이라고 하니 마음이 좀 달라졌다. 막연하던 불안감은 훨씬 더 커지기 시작했고, 지금 당장이라도 가서 집을 싹 뒤져야 하는 것은 아닐까 하는 조바심이 들었다.

선록은 휴게소에 들어와서 화장실도 가지 못한 채 다시 바로 고속도로로 나갔다.

그때 선영에게 전화가 왔다. 선록은 학창 시절에 이지연과 선후배 사이일 뿐이었지만, 왠지 지금 자신의 핸드폰에 그녀와 찍은 예전 사진이 있다는 것과, 자신이 지금 그녀를 걱정하며 불안해하고 조바심을 내고 있다는 사실이 이상한 죄책감이 되는 듯했다. 그래서 걸려 온 전화를 한동안 보고만 있었다. 하지만 자신들의 앞에는 훨씬 더 많은 일이 기다리고 있다는 사실에, 선록은 선영의 전화를 받을 수밖에 없었다.

"오빠! 연호가 벌써 유치원을 관뒀대. 어제 오후에 연호 엄마가 와서 데리고 갔대."

"벌써? 오늘 유치원에서 현장 체험학습 온다고 하지 않았어? 그럼 과수원에도 안 온 거야?"

"엄마한테 전화해서 확인했어. 아율이도 연호는 안 왔대. 오늘부터 안 온다고 했다고."

"그래? 벌써 이사를 간 건가?"

"근데 오빠, 이번 주 내내 연호가 유치원에 장난감을 가지고 와서 친구들을 다 나눠줬나 봐. 다 로봇이나 공룡이어서 아율이는 안 가지고 오니까 몰랐는데, 장난감을 가지고 와서 나눠주면서 엄마가 다 친구들 주라고 했대. 멀리 가는데 다 못 가지고 간다고. 그냥 친구들 주고 오라고 했대."

"멀리라고? 우리 집 옆에 그 한옥으로 가는 거 아니었어?"

"그러니까. 뭔가 이상하지 않아?"

"나 운전 중이니까 당신은 우리 아파트 관리사무소에 전화해서 이번 주에 우리 아파트에서 이사 간 사람 있냐고 좀 물어봐."

"연호네는 우리 아파트 아닐지도 모르는데?"

"그래도 혹시 모르니까. 그리고 아버지한테도 전화해서 용식이 아저씨한테 그 한옥에 이사 들어오는 거 봤냐고도 물어보시라고 해."

"알았어."

"얘들이랑 선생님은 다 가신 건가?"

"그치. 아율이는 그냥 과수원에 있겠다고 해서 엄마 아빠랑 있대."

"그럼 나도 바로 과수원으로 갈 테니까 당신도 과수원으로 와."

선록은 우선순위를 정하기로 했다. 이지연에 대한 걱정이 커지기는 했지만, 시급함으로 보면 연호의 행방이 우선이다. 이사도 가지 않고 유치원만 관두고 어디 멀리 떠난다고 했다는 건 정말 심각한 일일지도 모르기 때문이다. 선록은 운전 중이니 침착해야 한다고 생각했지만, 자신도 모르게 자꾸 손에 땀이 나기 시작해서 자꾸 허벅지에 손바닥을 닦았다. 손바닥을 10번쯤 닦았을 때 선영에게서 다시 전화가 왔다.

"오빠! 지금 연호가 과수원에 왔대."

"뭐? 혼자?"

"아니, 연호 아빠랑 둘이."

선영의 말에 선록은 연신 허벅지에 손바닥을 닦았다. 하지만 아무리 닦아도 계속 땀이 차오르는 듯했다.

"최대한 빨리 과수원으로 갈게. 아버지 어머니한테 좀 오래 잡고 있어 달라고 해줘. 나 밟아도 3시간은 걸려."

17

연호 아빠

장인과 장모는 연기를 잘 못한다. 갑자기 아이와 아빠가 와서 자기네가 아율이 친구 연호라고 했을 때, 그들의 심정은 표정으로 모두 드러났다. 당황스러움과 불편함. 이것저것 물어보며 연호의 환경이나 위험을 알아보려는 계획이었는데, 아빠가 함께 와서 계획이 다 틀어졌다. 그래서 그들은 친절하게 대하지도, 자연스럽게 행동하지도 못했다. 하지만 그런 심경을 전혀 모르는 연호 아빠는 아주 밝게 인사하며 다가왔고, 차분하게 상황을 설명했다.

"연호가 어제까지만 유치원에 다니고 이제 좀 멀리 가거든요. 근데 왜 하필 어제냐고, 오늘까지만 가면 안 되냐고 계속 고집을 피우더라고요. 그래서 왜 그런지 물어보니까 오늘 포도 농장 체험 학습을 꼭 하고 싶었나 봐요. 계속 아율이 얘기를 하면서 떼를 부리길래 실례를 무릅쓰고 선생님께 전화로 여쭤봐서 급하게 왔습니다. 번거롭게 해드려서 죄송해요."

"아니에요. 우리도 뭐 딱히 특별한 걸 하는 건 아니라 그냥 손님들도 애들 데리고 포도 사러 오면 포도도 따보게 하고, 뒤에 닭들도 구경하게 하고 그렇게 하는데요, 뭐."

"요즘 이런 경험 쉽게 못 하는 거죠. 정말 감사합니다."

멀끔하게 슈트를 차려입고 온 연호의 아빠는 가벼운 티셔츠를 받쳐 입어서 캐주얼한 느낌도 있었다. 그리고 평일 오후에 아이와 함께 과수원에 놀러 온 점을 보며, 장인과 장모는 연호 아빠가 그냥 평범한 직장인은 아닐 거라고 생각했다. 물론 휴가나 다른 방법들도 있겠지만, 그들이 받은 느낌은 그랬다.

장인의 눈에 연호 아빠는 멀끔한 외모와 밝은 표정, 힘 있는 말투로 아주 호감이 갔다. 하지만 곧 연호가 아율이와 논다고 뛰어가 버리니 과수원을 둘러보지도 않고 그대로 자리에 앉아 휴대전화만 보는 모습이 이상하게 느껴졌다. 보통은 아무리 급한 일이 있어도 과수원에 들어오면 여기저기 둘러보기 마련이다. 포도가 얼마나 익었는지, 무슨 나무가 있는지, 요즘은 어느 과일이 제철인지 등등. 최소한 이런 과수원을 하려면 돈이 얼마나 필요한지, 얼마나 버는지 등 눈치도 예의도 없지만 관심은 있는 질문들을 해오기 마련이다.

그런데 자녀와 체험학습을 왔는데도 휴대전화만 보고 있는 연호 아빠의 모습은 장인이 생각할 때 둘 중 하나였다. 정말 아이와 이 과수원에 관심이 없거나, 너무 바쁘거나. 물론 둘 다일 수도 있다. 그 남자에게서 여유 있는 모습은 보이지 않았다. 의자에 앉아 무엇인가를 계속 검색하며 문자를 쓰기 바빴고, 실제로 그가 이곳에 와서 고개를 들어 경치를 본 것은 처음에 장인이 설명할 때 빼고는 없는 것 같았다.

"많이 바빠요?"

"예? 아, 예……."

"여기 경치 좀 봐요. 우리 과수원이 앞이 막힌 데가 없어서 전망이 참 좋아. 여기 가만히 앉아서 보기만 해도 힐링이 되는 게 있다고."

"아, 예……. 그러네요……."

연호 아빠는 형식적으로 대답을 하며 정말 잠시 보는 시늉만 하고, 다시 고개를 숙여 휴대전화만 했다. 그 사이에 장모는 연호 아빠가 아이에게 관심이 없다는 사실을 알고, 아이가 놀고 있는 집 뒤편으로 조심스럽게 갔다.

"할머니, 이게 뭐예요? 아율이도 모른대요."

"아니, 왜 몰라? 작년에 그렇게 맛있게 먹어놓고. 빨간색 옥수수알처럼 생긴 거 기억 안 나?"

"아! 석류?"

"그래! 연호는 석류 열매 처음 보니?"

"예. 그 빨간색 옥수수알이라고 얘기하니까, 샐러드에 들어간 거 본 적은 있는 거 같아요."

"연호는 샐러드를 좋아하는구나?"

"아니요. 전 고기가 좋아요. 치킨도 좋고. 근데 엄마가 자꾸 샐러드만 줘요."

"아빠는?"

"아빠는 치킨이랑 피자랑, 햄버거도 잘 사주고요. 짜장면이랑 탕수육, 돈가스도 잘 사줘요."

장모는 알 수 있었다. 아이와의 이 짧은 대화에서도 엄마는 아이에게 샐러드만을 주고, 아빠는 주로 패스트푸드나 배달 음식만 준다는 것을. 장모는 선록과 선영이 왜 이 아이에게 마음을 쓰는지 조금은 알 것 같았다.

"그럼 밥은 엄마 아빠랑 같이 먹어?"

"아니요. 엄마는 밥 안 먹어요. 아빠는 맨날 먹고 오고요. 저는 아빠가 퇴근할 때 맛있는 거 사 오면 그때 혼자 먹어요. 유튜브 보면서."

선록과 선영에게 듣기로는 그래도 아빠가 연호의 육아에 적극적으로 참여하는 것 같다고 했다. 엄마와 관계가 좋지 않을 뿐, 아빠는 잘하고 있다고. 하지만 장모가 보기에 아빠의 육아 태도도 절대 좋은 게 아니었다. 아이를 과수원에 데려다 놓고 휴대전화만 보고 있는 모습만으로도 어느 정도 예상은 했지만 말이다. 장모는 연호가 점점 더 안쓰러워지기 시작했다. 그래서 문득 이 아이에게 따뜻한 집밥을 해주고 싶다는 생각이 들었다.

"혹시 닭죽 좋아하니?"

"닭죽이요? 몰라요."

"왜? 먹어본 적 없어?"

"예."

닭죽을 모른다는 말에 아율이가 알려줬다.

"아닌데, 우리 유치원에서 나왔잖아. 그 하얀 죽에 닭고기 올라가 있는 거."

"그게 닭죽이구나! 알아요. 좋아해요."

"그거 해줄까?"

"예! 좋아요!"

과수원에 막 왔을 때는 처음 보는 할머니가 불편해서 슬금슬금 피하던 연호가 닭죽을 해주겠다고 하자 갑자기 텐션이 올라가기 시작했다. 장모의 선의에 어색함이 사라진 건지, 아니면 고기를 먹을 수 있어서 신이 난 건지는 알 수 없지만. 연호는 신이 나서 과수원을 이리저리 방방 뛰어다니며 장난을 치기 시작했다. 그런 연호가 재미있는지 아율이도 따라 뛰어다녔다.

아이들은 어른들 때문에 한 번도 들어가지 못한 장비 보관 창고나 농기구들이 있는 농기구 창고까지 막 뛰어갔다. 유치원에서 체험학습을 오니 장인이 미리 위험한 농기구나 장비들을 잘 정리해 놓기는 했지만, 집 뒤쪽에서 갑자기 뛰어온 아이들이 농기구 창고에 들어가자 장인은 걱정이 됐다. 혹시라도 그런 곳에서 넘어지거나 어디에 걸리기라도 하면 크게 다칠 수도 있기 때문이다.

장인의 걱정에도 아랑곳하지 않고 창고를 들락거리며 노는 모습에 장인은 결국 참지 못하고 큰소리로 화를 냈다.

"거기 들어가면 안 돼! 이리 와!"

아율이는 처음 듣는 장인의 큰소리에 당황해서 울먹였고, 큰소리에 놀라 나온 장모에게 달려가 품에 안겨 울기 시작했다. 그런데 장인을 더 당황하게 만든 건 연호였다. 연호는 장인이 소리를 지르자 창고 구석으로 도망가 숨었고, 겁을 먹었는지 사시나무처럼 몸을 벌벌 떨었다. 장인이 조심스럽게 다가가는데도 연호는 고개도 들지 못하고 그대로 움츠리고만 있었다. 장인이 너무 미안해서 어쩌지도 못하고 있는데, 연호 아빠가 다가왔다.

"괜찮아. 일어나, 어서."

연호 아빠는 그대로 고개를 숙이고 몸을 낮춘 뒤에 기어가듯이 연호에게 다가갔다. 겁을 먹고 불안해하던 연호는 아빠 목소리에 조금씩 진정하는 것 같았다. 연호 아빠는 두 손을 내밀어 아이를 조금씩 당겼다.

"연호야, 괜찮아. 그만 나와도 돼."

"그래, 연호야. 이 할아버지가 너희들 다칠까 봐 걱정돼서 그런 거야. 소리 질러서 미안해."

연호는 아빠 손을 잡고 조금씩 몸에 힘을 풀기 시작했고, 결국 아빠 품에 폭 안겼다. 그러고는 서럽게 울기 시작했다. 연호 아빠는 아무 말도 하지 않고 아이를 꼭 안은 채 말없이 등만 쓸어주었다.

조금은 진정이 됐는지, 아빠 품에 안겨서 나오는 연호의 바지는 척척하게 젖어 있었다. 그제야 연호가 놀라서 소변까지 지린걸 안 연호 아빠는 곤란한 듯 장인에게 말했다.

"죄송합니다. 연호가 좀 많이 놀랐나 봐요."

"아, 아니야. 내가 더 미안하지. 근데 애 갈아입을 옷은 있어요?"

"차에 다 있습니다. 속옷이랑 옷이랑 다요."

"다행이네. 가져다주면 내가 연호 씻겨서 옷 갈아입힐게요. 근데 연호 아빠는 어떻게 해요? 냄새날 텐데. 큰 사위 작업복이 있으니까 그거라도 좀 줄게요."

장모는 울고 있는 아이를 안고 있는 연호 아빠에게 미안한 마음을 담아 말했다. 하지만 연호 아빠는 웃으면 계속 괜찮다고 했다.

"아닙니다. 괜찮아요. 연호랑 근처 사우나라도 갈게요."

"아니야. 바로 갈아입어야지. 애는 내가 씻겨줄 테니 연호 아빠는 밖에서 간단히 씻어요. 그리고 연호한테 내가 닭죽 만들어주기로 했으니까. 온 김에 씻고 더 놀다가 밥 먹고 가요."

"예? 아닙니다. 진짜……."

"나도 아니야. 내가 미안해서 이렇게 못 보내지. 잔말 말고 먹고 가요. 가서 연호 옷이나 가져오고."

연호 아빠가 주춤거리는 사이에 장모는 선록의 작업복을 가져다주었다. 연호 아빠는 얼떨결에 장인에게 밀려 차에 가서 자기 옷을 갈아입은 뒤 연호의 옷을 가지고 왔다.

장인과 장모는 계획한 것은 아니었지만, 연호를 목욕시키며 혹시라도 몸에 학대 흔적이 있는지 살펴봤다. 그런 생각을 하면서 아이 목욕을 시키는 것이 마음 편한 일은 아니었고, 일곱 살이나 되는 아이의 목욕을 시키겠다고 하는 것이 요즘 정서상 민감할 수도 있는 부분이어서 걱정했다.

그 과정에서 연호 아빠가 너무 과하게 거부하거나 강경하게 반대하면 그것도 나름대로 학대의 정황으로 볼 수 있겠다는 생각도 했다. 하지만 연호 아빠는 아이의 목욕을 막지 않았다. 아이의 몸에도 학대 흔적은 없었다. 다만 장모는 아이의 몸을 보며 가슴이 아팠다. 연호를 씻기다 보니 아토피로 인한 상처가 보였다. 심하게 긁은 자국과 상처들은 보는 장모가 다 쓰릴 정도였다.

"연호야, 여기 안 아파?"

"잘 때 간지러워요."

"그럼 어떻게 해? 약 발라?"

"바를 때도 있고 안 바를 때도 있고……. 그래도 호호요정이 와서 안 아프게 해줄 때도 있어요."

"그 호호요정 얘기를 밤에 간지럽다고 하면 엄마가 얘기해주는 거야? 약 발라주면서?"

"아니요. 약은 저 혼자 발라요. 잠도 혼자 자고. 엄마는 엄마 방에만 있어요. 불도 안 켜고. 내가 배고프다고 하거나, 간지럽다고 하면 막 소리 질러요. 나가라고."

학대였다. 이건 명확히 학대라고 생각했다. 장모가 아이를 기르던 시절이면 이렇게 아이를 혼자 두거나, 돈이 없거나 약을 잘못 써서 악화시키는 일도 많았지만, 지금은 다르다. 아픈 아이를 방치하고 보살피지 않는 것도, 아이에게 소리 지르는 것도 학대다. 아이에게 패스트푸드와 배달 음식만 먹이는 것도 모두 아동학대라고 할 수 있다.

하지만 연호 아빠가 연호를 대하는 행동과 아이의 반응으로 보면 절대 학대받는 아이의 행동은 아니라고 생각했다. 장모가 연호를 목욕시키고 속옷을 입히자 연호는 식탁에 있던 과자봉지를 보고 먹어도 되냐고 물었다. 저녁으로 닭죽을 먹자고 했는데 지금 과라자니……. 기본적인 식습관 교육이나 관리가 안 되고 있다는 것이 명확하게 느껴졌다. 장모는 옆에서 해맑게 웃고 있는 아율이가 눈에 들어오자, 둘의 삶이 너무 다른 것 같아 눈물이 핑 돌았다.

장모가 연호를 데리고 거실로 나오자 장인과 연호 아빠는 어색한 상황이 되었다. 그런 상황이 익숙하지 않은 장인이 먼저 연호 아빠에게 말을 건넸다.

"우선 정말 미안하게 됐어요. 난 그저 창고에 워낙 위험한 게 많아서."

"아닙니다. 연호가 좀 과격하게 노는 편입니다."

여전히 어색한 공기가 흘렀고, 장인은 그 어색함을 없애려고 연호 아빠에게 닭 잡는 것을 도와달라고 부탁했다. 연호 아빠는 장인의 말에 당황했지만, 장인은 크게 할 일은 없다는 말로 등을 떠밀어 닭장으로 향했다.

"여기서 닭을 잡아서 요리하겠다는 게 아니라, 요 앞 시장에 가면 닭 잡아서 손질까지 해주는 데가 있어요. 그냥 가져다주면 된다는 얘기예요."

"아, 예……."

180

장인은 어두운 닭장에 들어가서 잡을 닭을 골랐다. 그 닭장에도 차마 못 들어오는 연호 아빠는 닭장 밖에서 장인이 하는 행동을 지켜보고 있었다.

"꼬리가 긴 놈을 잡아야지……."

장인은 뒤꼬리가 많이 자란 제일 큰 닭 한 마리를 목표로 정하고 서서히 다가갔다. 그러고는 순식간에 닭의 날개를 잡아챘다. 잡는 순간 닭은 아주 시끄러운 소리로 울어댔고, 그 울음소리에 연호 아빠는 자기도 모르게 인상을 구겼다. 장인은 그렇게 잡은 닭을 두 손으로 들고나와 끌고 온 수레에 올려놓고 두 날개를 겹쳐서 눌렀다. 장인은 연호 아빠에게 날개 쪽을 잡아 달라고 했다.

"여기 좀 두 손으로 꽉 눌러줘요. 힘이 세니까 꽉 누르고 있어요."

연호 아빠는 장인의 말에 따라 두 손으로 닭의 날개를 눌렀다. 도망가지 못하도록 장인이 닭의 발을 끈으로 묶었고, 잠시 후 날개도 묶었다. 연호 아빠는 닭 잡는 걸 소름 끼쳐 했다. 얼마나 싫어하고 불편해하는지 표정에 다 드러났다. 도시에만 살아서인지, 원래 심약한 사람인지는 몰라도 자신이 닭을 잡는 것도 아니고 움직이지 못하도록 잠시 붙잡고 있는 것도 제대로 하지 못할 위인이라고 장인은 생각했다.

그렇게 꼼짝 못 하게 된 닭을 플라스틱 박스에 담았다. 장인은 한 마리 더 잡기 위해 다시 닭장으로 들어갔고, 그 과정을 한 번 더 반복했다. 처음보다는 덜 긴장했지만 여전히 불편해하는 연호 아빠는, 닭장에 있는 수많은 닭을 둘러보며 어떤 상념에 젖은 모양이었다. 식용가축을 불쌍해하는 사람이 아이를 방치하는 아빠이기도 하다는 게 장인에게는 이상하게 느껴졌다.

그때 연호 아빠의 핸드폰이 울렸다. 전화 통화를 하는 동안 연호 아빠의 표정이 점점 무섭게 변하며 손까지 떨기 시작했다. 연호 아빠는 순간 자신의 감정을 주체하지 못하고, 안절부절못하고 있었다. 전화를 끊은 연호 아빠는 닭을 묶어 상자에 담고 있는 장인에게 말했다.

"아율이 할아버님, 정말 죄송한데 제가 급한 일이 생겨서요. 근데 연호를 데려가기가 좀 그런 곳이어서요. 실례가 안 되면 잠시 맡아주시겠어요? 제가 늦어도 9시 전에는 돌아올게요."

"그거야 괜찮은데, 자네 밥은?"

"저는 괜찮습니다. 알아서 먹고 올게요. 죄송합니다."

그렇게 연호 아빠는 연호를 과수원에 남겨둔 채 어디론가 가버렸다. 마치 이런 일이 처음이 아니라는 듯 연호는 전혀 동요하지 않았다. 차에서 가지고 온 캐리어에는 연호의 속옷과 갈아입을 옷이 넉넉하게 들어 있었다.

"연호야. 너희 이사 갔니?"

"예? 아니요."

"그런데 이 짐은 왜 쌌어?"

"아빠가 멀리 간다고 했어요."

"언제?"

"오늘이요."

"엄마는? 엄마도 간대?"

"몰라요. 엄마는 그냥 엄마 방에 있는데요. 왜요? 할머니?"

장모는 이 상황을 어떻게 이해해야 할지 알 수가 없었다. 순간 장모의 머릿속에 무서운 생각이 스쳤다. 급히 방으로 들어가서는 머릿속에 떠오른 생각을 확인하기 위해 아율이네 유치원 선생님에게 전화를 걸어 연호 아빠의 전화번호를 물었다. 자초지종을 설명하고 유치원 선생님으로부터 연호 아빠의 전화번호를 받았다. 연호에게 직접 물어볼 수도 있었지만, 혹시라도 연호가 상처받을 수도 있다는 생각에 선생님에게 확인한 것이다.

장모는 순간 다리가 풀려 주저앉았다. 머릿속으로 든 생각이 제발 틀린 것이길 바라는 마음이었다. 장인이 다가가 물었다.

"왜? 무슨 일인데?"

"연호 아빠…… 유치원에서 알고 있는 연호 아빠 전화번호가 없는 번호래요. 설마 연호를 우리한테 버리고 간 건 아니겠죠?"

장모는 그 말을 하면서 자기도 모르게 연호를 쳐다봤다. 연호는 장모가 자신을 그런 눈빛으로 보는지도 모르고, 아율이랑 블록을 가지고 신나게 놀고 있었다. 장모는 그런 연호의 모습을 보자 더 마음이 아렸다.

"설마, 그렇게까지 하려고. 9시까지는 온다고 했으니 기다려보자고."

"애들한테는…… 말해야겠죠?"

"그래야지."

마침 선영에게서 전화가 왔다. 장모는 선영에게 연호 이야기를 했다.

깜짝 놀란 선영은 일이 점점 더 심각하게 흘러간다는 느낌에 다시 불안해지기 시작했다. 선영은 엄마와 통화를 한 이후에 일이 손에 잡히지 않았다. 엄마의 걱정처럼 연호가 혹시라도 버려진 것은 아닐까 하는 우려가 머릿속을 가득 채웠기 때문이다. 결국 선영은 회사에 반반차를 내고 일찍 나와서 서둘러 과수원으로 향했다.

과수원에 가자 이상한 광경이 펼쳐져 있었다. 인근에 있는 공사장과 다른 밭에 있는 사람들이 모두 몰려와서 과수원 입구를 둘러싼 것이다. 그들 때문에 차를 끌고 들어가지 못하게 된 선영은 입구에 차를 세우고 사람들을 비집고 과수원으로 내려갔다.

과수원에는 경찰차 3대가 와 있었다. 무슨 일인지 모르지만, 이미 선영의 심장은 터질 듯이 뛰고 있었다. 과수원 아래에서 장인과 장모가 경찰들에게 연행되고 있었다. 아율이와 연호는 뒤따라오는 여경의 손에 이끌려 따라 나왔다. 어찌 된 영문인지 짐작조차 하지 못한 채 선영은 장인과 장모에게 바로 달려갔다. 선영을 본 아율이는 울면서 엄마에게 달려와 안겼다. 선영은 울고 있는 아율이를 안고 장인과 장모에게 다가가 물었다.

"아빠! 이게 무슨 일이야? 엄마 아빠가 왜 잡혀가?"

"몰라. 갑자기 경찰들이 와서 다짜고짜 연호랑 아율이를 데리고 가더니, 우리를 체포한다는 거야."

선영은 장인의 말에 크게 화가 나서 악을 쓰듯 맨 앞에 있는 경찰에게 물었다.

"지금 이게 무슨 일이죠? 왜 아무런 설명도 없이 이렇게 막 잡아가는 겁니까?"

맨 앞에 있는 경찰은 귀찮은 듯한 표정으로 선영에게 말했다.

"아까 분명히 체포 사유 말씀드렸고요. 미란다 원칙도 고지드렸습니다. 이분들 따님이세요? 아버지 어머니께서는 아동 납치 및 감금 혐의로 긴급체포 되는 거고요. 하실 말씀 있으면 서에 가셔서 조서 쓰실 때 하면 됩니다."

"아동 납치? 감금이요?"

"예. 저 남자아이 아버님께서 직접 신고하셨고요. 신고자에 따르면 본인과 아이에게 강압적인 태도와 언어로 이곳을 떠나지 못하게 하고, 집으로 가려고 하는 아이를 먹을 것으로 유인해서 잡아 두고 집 안에 감금했다고 합니다."

"뭐라고요?"

"저희도 더는 자세히 말씀드릴 수 없고요. 하실 말씀 있으면 서로 와 주시면 됩니다."

경찰은 말이 끝나자마자 다시 장모와 장인을 끌고 갔다.

아동 납치, 감금이란 말에 구경하던 사람들은 수군거리기 시작했고, 각자의 핸드폰으로 여기저기 전화를 하거나 문자를 보냈다. 선영은 지금 상황에 어떻게 대처해야 할지 아무런 생각이 들지 않았다. 하지만 그래도 장인과 장모를 안심시켜야겠다는 마음에 아율이를 안고 경찰차로 달려가 소리쳤다.

"엄마, 너무 걱정하지 마. 별일 없을 거야. 박 서방 오면 바로 경찰서로 보낼 테니까 걱정하지 말고. 박 서방 가기 전까지 조금만 기다려요."

선영의 말이 채 끝나기도 전에 경찰차들은 흙먼지를 일으키며 과수원을 빠져나갔다. 경찰차와 함께 사람들도 하나둘씩 사라지기 시작했고, 크게 놀란 아율이는 여전히 선영의 품에 꼭 안겨 울고 있었다. 선영은 자신도 울고 싶었지만, 아율이를 보며 자신이 울 때가 아니라고 다독였다.

"걱정하지 마. 아빠가 다 해결해 주실 거야."

선영은 전화기를 꺼내 선록에게 전화를 걸었다. 그러고는 아주 차분하고 냉정한 목소리로 말했다.

"오빠, 아빠랑 엄마가 경찰서에 잡혀갔어."

"뭐라고? 왜? 이유가 뭔데?"

"아동 납치 및 감금. 그 개새끼가 신고했대. 연호 아빠."

18

이지연

연호 아빠, 이지연의 매니저 연락처를 받은 선록은 바로 전화를 걸었다. 우선 이지연의 위치를 아는 것이 제일 급하다고 생각했기 때문이다. 선록은 잠시 갓길에 차를 세우고 전화를 할까도 했지만, 지금 자신이 너무 먼 곳에 있다는 사실이 큰 부담으로 다가왔다. 그래서 떨리는 손으로 운전하면서 차 안을 울리는 신호음을 듣고 있었다.

"여보세요?"

"이지연 씨 매니저분이시죠?"

선록은 뜸 들일 시간이 없었기에 상대방이 전화를 받자마자 급하게 말을 걸었다. 하지만 상대방은 선록의 말에 당황했는지 한동안 아무런 말도 하지 않고 있었다.

"저는 지연이 누나 대학 후배입니다. 급하게 연락할 일이 있어서 그러는데, 혹시 연락처를 알 수 있을까요?"

"후배 누구신데요?"

아까의 공백과는 다르게 상대방은 선록의 말이 끝나자마자 선록이 누구인지를 물었다. 선록은 자신의 신분을 노출하는 것이 맞는지, 전화를 받는 매니저가 어떤 사람인지 모르는 상황에서 정직하게 대답을 해도 되는지 고민스러웠지만, 길게 대화할 시간이 없었다.

"박선록입니다."

선록의 이름을 듣고 또 잠시 말이 없던 상대방은 차분하게 말했다.

"들어본 이름이네요. 특이한 이름이기도 하고, 누나가 학교 다닐 때 제일 아끼던 후배라고 했던 기억이 있어요. 그런데 죄송하지만, 지금은 저도 연락이 안 됩니다. 작년부터 아무 연락도 받지 않거든요. 도움을 못 드려서 죄송합니다."

"알겠습니다. 그럼 혹시 지금 어디 사는지 알려주시면 안 될까요?"

"그건 아무리 친한 후배라고 해도 곤란하네요. 죄송합니다."

선록은 전화를 끊고 나서 마음이 더 복잡해졌다. 이 매니저라는 사람이 완수가 말한 배달기사임을 짐작하고 있었고, 지연과 부부라는 것도 유추할 수 있는 상태에서 그의 반응이 영 불안했기 때문이다. 그리고 매니저에게 대학 시절 가장 아끼던 후배라고 했다는 말이, 선록에게는 그만큼 그 시절을 그리워했다는 말처럼 들렸다.

선록은 지연과 연락이 끊긴 이후로는 그녀의 존재에 대해 누구에게 말을 하거나, 그녀의 삶을 궁금해 한 적이 없었다. 연예인이 된 순간부터 자신과는 다른 삶을 사는 사람이라고 생각했기 때문이기도 했고, 연예인과의 관계를 자랑하고 다니는 것이 자존심 상하는 일이라고 생각했을 수도 있다. 그래서 선록은 연예인이 된 지연을 더 애써 지우려고 노력했던 것 같다.

하지만 이런 복잡한 생각도 잠시, 선록의 마음은 다시 조급해지기 시작했다. 지연의 매니저는 그녀의 존재를 알려주지 않았지만, 지연이 지금 나쁜 마음을 먹고 있다는 것은 확실하다. 그렇다면 어떻게 해서든 그녀와 연락이 닿거나, 그녀가 사는 곳을 알아내는 것이 우선이었다. 선록은 대학 시절 동아리 사람들에게 전화를 돌리기 시작했다.

"누나, 혹시 지연 누나랑 연락해? 학교 다닐 때 친했잖아."

"너 지연이 누나 전화번호 알아?"

"형, 지난번에 형이 어디 기획사랑 같이 일한다고 그러지 않았어? 거기가 지연이 누나 있던 데 아냐?"

"너 지연이 누나 팬클럽도 들고 활동하지 않았어? 그런데 진짜 몰라?"

선록은 운전을 하며 30통이 넘는 전화를 돌렸지만, 아무도 지연과 연락을 하고 지내는 사람이 없었다. 심지어 대부분은 단순히 모르고 있는 것이 아니라 오히려 선록이 알고 있어야 하는 게 아니냐고 되물었다. 선록은 왜 지연이 매니저에게 나를 제일 아끼는 후배라고 말했는지 알 수 있었다.

지연은 선록에게 참 잘해줬다. 동아리에만 20명이 넘는 남자 후배들이 있었고, 모든 후배가 지연과 잘 지내고 싶어서 안달이 나 있는 상태였지만, 생각해 보면 지연은 항상 선록에게만 밥을 사줬다. 한때는 지연과 선록이 사귀는 거 아니냐는 소문도 돌았지만, 지연의 남자친구가 빨간색 스포츠카를 타고 지연을 데리러 학교에 오고 나서는 그런 말도 사라졌다. 이후에 지연은 남자친구와의 데이트에도 가끔 선록을 불러 어울렸고, 선록도 아무런 오해나 착각 없이 편하게 지내는 사이가 되었다. 그래서 선록의 지인들은 선록이 자신에게 전화해서 지연의 소식을 물은 걸 오히려 이상하게 생각했다.

선록은 이제 전화할 사람이 딱 한 명 남았다. 선록이 군대 간 사이에 여자친구를 빼앗아 간 과 후배. 그 기수의 후배들과도 연락하지 않고 모임에서도 아는 척하지 않는 사이지만, 하필이면 그놈이 지금 엔터테인먼트 쪽에서 일하고 있다.

"여보세요."

"아, 선록이 형! 오랜만이에요."

아무렇지도 않게 전화를 받는 후배의 말투에 선록은 1초 만에 괜히 전화했다는 생각이 들었다. '개새끼. 넌 내가 아무렇지도 않지?' 하는 생각에 화가 끓어올랐지만, 문득 속으로 '이런 멘탈이니 남의 여자친구를 뺏고도 아무렇지 않게 학교 모임에 따박따박 나올 수 있지' 하는 생각도 들었다.

"뭐 좀 물어보자. 너 이지연 선배 알아?"

"지연 누나요?"

후배는 자신의 전화보다도, 오히려 선록 입에서 나오는 지연의 이름에 더 당황하는 느낌이었다. 하지만 선록은 지금 후배의 기분 따위를 신경 쓸 여유가 없었다.

"알죠. 같이 일도 했었고……."

"했었고? 또?"

"친하기도 했어요. 누나한테 형 얘기하니까 반가워하던데."

선록은 순간 전화기 너머 후배의 입을 꿰매버리고 싶었다. 자신은 후배와의 일을 생각도 하기 싫어서 그 후배의 이름조차 떠올리지 않고 살았는데, 후배는 자기 이름까지 팔았다.

"그래서, 지금은 연락해? 어디 사는지 알아?"

"그건 왜요?"

"아냐고! 그것만 좀 말해라. 나 바쁘다."

"연락처가 있기는 한데, 아마 바꿨을 거예요. 작년에 누나한테 일이 좀 있었거든요. 그래서 지금은 연락 다 끊고 잠수탄 걸로 아는데……."

"무슨 일?"

"뭐 그런 게 있어요. 그 누나 매니저 번호는 있는데, 줄까요?"

"아니. 나도 그 사람한테 전화해 봤는데 모른대. 주소는 안 알려준다고 하고."

후배는 잠시 말이 없었다. 그동안 더 뻔뻔해진 후배를 전혀 신뢰할 수 없었지만, 선록으로서는 마지막 남은 사람이기 때문에 기다릴 수밖에 없었다.

"형, 그럼 혹시 모르니까. 이미나한테 연락해 볼래요? 작년에 누나 일 있을 때 실드 쳐준 게 이미나거든요."

"이미나? 그 탤런트 이미나?"

"예, 이미나가 누나랑 쫌…… 복잡한 게 있어요. 제가 이미나 번호 찍어드릴 테니까, 제가 알려줬다는 말은 하지 말고 연락해 보세요. 형이니까 제가 알려드리는 거예요."

분명 아주 고마운 일이긴 하지만 이렇게 생색내는 모습에 또 괜히 배알이 꼬였다. 그런데 그런 선록의 마음도 모르는 후배가 선록의 속을 뒤집는 말을 보냈다.

"이제 옛날 일은 좀 퉁쳐요. 다 지난 일이잖아요."

'이 새끼가……'

후배는 끝까지 선록의 비위를 건드렸다. 선록은 앞으로 무슨 일이 있어도 이 새끼랑 연락할 일은 없을 거라고 생각했다.

곧 들어온 문자에는 탤런트 이미나의 번호가 찍혀 있었다. 선록은 바로 전화를 걸었다.

"이미나 씨 되시나요?"

"누구시죠?"

"저는 이지연 씨 후배입니다. 혹시 이지연 씨와 연락이 되시나 해서요."

"당신도 이지연 찾는 거야?"

19

이미나

미나는 혼란스러웠다. 한동안 연락이 없던 지연에게서 포도 선물이 왔고, 그 선물에는 찝찝한 편지도 들어 있었다. 작년에 그 일이 있고 나서 미나는 지연에게 복잡한 감정이 남아 있었다. 그래서 일부러 그 이름을 잊고 살려고 했는데, 그 모든 일들이 다시 떠올랐다. 그들에게 지연의 안부를 묻고 싶었는데, 오히려 그들이 자신에게 지연에 대해 물어왔다.

미나가 제일 혼란스러웠던 건 선애가 입고 있던 트렌치코트였다. 그 코트는 미나가 모델로 활동하던 명품 브랜드의 한정판 모델로, 미나가 지연의 이니셜을 넣어서 선물한 것이다.

불안한 예감이 들었다. 지연의 옷을 입고, 지연이 보낸 선물을 들고 와서 자신에게 지연의 연락처를 묻는 사람들······. 뭔가 지연에게 안 좋은 일이 생긴 걸까? 미나는 한번 좋지 않은 상상을 하기 시작하자 점점 더 불안해졌다.

"이걸 왜…… 당신이 입고 있어?"

선영은 갑작스러운 물음에 놀라 잠시 할 말을 잃었다. 옆에 있는 완수 또한 놀라긴 마찬가지였다.

"가…… 감귤마켓에서 샀어요."

"감귤마켓?"

미나는 감귤마켓이 뭔지 몰랐다.

"스마트폰 앱 이름이에요. 동네 사람들끼리 중고거래를 하는 건데요. 같은 지역 사람끼리만 볼 수 있고, 주로 직거래로만 거래하니까 요즘 사람들이 많이들 해요. 그러니까 이 옷은 저희 동네 사람에게 중고거래로 산 거예요."

"그럼…… 지연이가 이 옷을 중고로 팔았다는 거예요? 말도 안 돼……."

"거짓말 아니에요. 앱에서 거래 내역도 보여드릴 수 있어요."

"그래서…… 얼마 주고 샀는데?"

"백오십만 원이요."

미나는 가격을 듣는 순간 어처구니가 없어 헛웃음을 지었다.

"왜요? 이거 정가 삼백만 원 정도 하잖아요? 저도 면세점에서 입어봤던 거예요."

"그거야 일반 모델이죠. 이거는 디자이너가 브랜드 100주년 기념으로 초기 모델을 바탕으로 다시 제작한 거예요. 그래서 단추도 안감도 다 다르다고요. 한정판이라 사고 싶다고 살 수 있는 물건도 아니고, 그 돈 10배를 줘도 못 사요."

선애는 돈 얘기에 이미나가 자신을 무시하는 듯한 느낌이 들어 기분이 나빠졌다. 그래서 이미나가 이야기하는 동안 감귤마켓 앱에 들어가서 거래 내역을 보여주려고 했다. 그런데 트렌치코트를 산 내역이 보이지 않았다. 당황한 선애가 앱의 항목을 뒤지는데, 그때 미나에게 전화가 걸려 왔다. 미나는 모르는 번호라 받지 않으려고 했지만, 지금 상황이 어색해서 뭐라도 하려고 그냥 통화 버튼을 눌렀다.

"이미나 씨 되시나요?"

"누구시죠?"

"저는 이지연 씨 후배입니다. 혹시 이지연 씨와 연락이 되시나 해서요."

"당신도 이지연 찾는 거야?"

미나는 자신과도 연락이 되지 않아 궁금하던 지연을 찾는 사람들이 갑자기 한 번에 몰린다는 것이 너무 이상한 일이라고 생각했다. 하지만 자신도 불안한 마음이 들어서 이번에 다 짚고 넘어가야겠다고 생각했다.

"지금 여기에도 지연이 찾는 사람들이 와있어요. 이 사람들부터 얘기하고 제가 전화드릴게요."

"예, 알겠습니다."

선록은 미나와의 통화 중에 멀리서 들리는 선애 목소리를 들었다. 그리고 지연을 찾는 사람들이 왔다는 말에, 그나마 좋은 내용이었던 편지의 수신인이 이미나였다는 사실도 생각났다. 그렇다면 완수와 선애가 미나를 만나고 있다는 말이 되고, 그렇다면 자신도 그곳으로 가서 지연에 대한 것들을 더 물어보면 되겠다는 생각이 들었다.

"아, 진짜 거래했는데……."

"뭔데요? 한번 봐 봐요. 거기 뭐가 있어요?"

"아니, 제가 이 코트를 샀다는 거래 내역이 원래 남아 있는데, 갑자기 없어졌어요. 분명히 내가 올린 글을 보고 채팅을 걸었는데, 채팅 내용은 있는데, 게시글이 사라져서 그런가 봐요. 보세요. 제가 이 가방도 이 사람한테 산 거거든요. 이 사람이 이렇게 명품을 팔고 있다고요."

미나는 선애의 핸드폰을 봤다. 벤이라는 아이디를 가진 사람이 명품을 거래한 내역이었다. 그리고 그중에는 미나만 알아볼 수 있는 지연의 물건이 또 있었다.

"이것도 팔았다고요? 지연이가?"

미나가 보고 놀란 것은 언젠가 자신이 지연에게 줬던 가방이었다. 그 가방도 단번에 알아볼 수 있던 건 손잡이에 묶어준 스카프가 원래 있던 게 아니라 자신이 디자인한 스카프였기 때문이다.

미나는 혼란스러웠다. 자신이 선물했던 명품들이 중고로 거래되고 있다는 사실도 놀라웠지만, 그것을 판 사람이 지연이라는 것도 당황스러웠다. 그런 그녀가 자신에게 보낸 과일과 편지는 또 뭔지, 무엇 하나 이해되는 일이 없었다.

그 순간 완수는 설마 했던 가정이 맞다는 확신으로 바뀌고 있었다.

"잠깐만요. 저희는 지금 이지연 씨가 보내신 선물을 전해드리러 온 건데, 아내가 입고 있는 옷이 이지연 씨 옷이라는 말이죠? 그리고 이 가방도 이지연 씨 것이고요."

"예!"

"그럼, 저희가 찾고 있는 이지연 씨는 우리가 중고거래를 했던 이 사람이라는 말인 거죠?

"그렇겠네요. 저도 당황스럽지만."

완수는 차로 달려가서 선애의 가방에서 폴라로이드 사진을 꺼내 왔다. 그리고 미나에게 내밀어 보여주었다.

"혹시 이 사람이 이지연 씨인가요?"

"예, 맞아요. 이게 언제 적 사진이야, 진짜? 이 사진을 어떻게 가지고 있어요?"

완수와 선애는 서로를 쳐다보며 놀라움을 감출 수 없었다. 처음 과수원에 모여 서로의 이야기들을 할 때, 지난 사건처럼 또 다 연결된 것은 아닐까 하는 생각을 잠깐 했지만, 정말 또 이렇게 같은 사람일 줄은 몰랐다. 완수는 이미나에게 지연의 뒤에 서 있는 남자에 대한 것도 물어봤다.

"그럼 혹시 이 사람도 아세요?"

"알죠! 태호잖아요. 지연이 매니저!"

완수는 태호가 매니저라는 걸 확인하자, 그동안 그의 행동들을 이해할 수 있었다. 태호의 옷차림부터 다이어트에 대한 지식이나, 이렇게 명품들을 내다 파는 것까지. 그리고 생각보다 훨씬 더 시간이 없다는 느낌이 들었다. 그래서 바로 선록에게 전화를 걸었다.

"형님, 제가 지금 탤런트 이미나 씨를 만나고 있는데요."

"알아. 아까 이미나랑 통화한 사람이 나야. 통화하다 처제 목소리 들었어. 동서네랑 거래한 사람이 이지연 씨 매니저 맞지?"

"그것도 아셨어요?"

"응. 나도 바로 이미나 씨 만나러 갈 테니까 거기서 좀 기다려줘. 내가 확인할 게 더 있어서."

완수가 선록과 통화를 하는 동안 저 멀리서 사이렌 소리가 들리기 시작했다. 미나와 선애는 점점 더 가까워지는 사이렌 소리가 이상하다는 생각이 들어 주위를 둘러봤다. 그때 타운하우스를 타고 돌아 경찰차들이 몰려왔다. 선애는 그대로 완수의 뒤로 숨었고, 완수도 선록과의 전화를 끊지도 못하고 뒷걸음질 쳤다. 맨 앞의 경찰차에서 내린 경찰들이 완수와 선애에게 빠르게 다가왔다. 그러고는 낮고 강한 어조로 물었다.

"조완수 씨, 이선애 씨 맞으시죠?"

"예, 그런데요······."

"당신들을 이지연 씨 납치 및 특수 절도 혐의로 긴급체포합니다."

"예? 뭐라고요?"

경찰은 빠르고 단호한 말투로 미란다 원칙을 말했고, 끝나자마자 완수와 선애의 손목에 수갑을 채우고 경찰차에 태웠다. 완수는 지금 이 상황이 어떻게 돌아가는지 전혀 알 수 없었지만, 그래도 지금 가장 걱정되는 건 아영이였다. 그래서 완수는 아직 끊지 않은 선록에게 급하게 말했다.

"형님, 아영이 하원 좀 부탁드립니다."

미나는 갑자기 자신의 눈앞에서 펼쳐진 액션영화 같은 장면에 자신을 놀라게 하는 유튜브 콘텐츠는 아닌가 아주 잠깐 생각을 했었다. 하지만 유튜브 촬영이라고 하기에는 너무 많은 경찰이 와서 순식간에 그들을 잡아갔고, 그 뒤에 아무도 찾아오지 않았다.

선록은 지금 전화기에서 들리는 상황이 납득이 전혀 가지 않아 너무 혼란스러웠고, 자신이 지금 너무 멀리 있어서 아무것도 하지 못한다는 사실이 답답하기만 했다. 그래서 우선 근처에 있는 가족에게 상황을 알리는 것이 좋겠다는 생각에 선영에게 전화를 하려고 했다. 그때 선영에게서 전화가 왔다.

　"오빠, 아빠랑 엄마가 경찰서에 잡혀갔어."

　"뭐라고? 왜? 이유가 뭔데?"

　"아동 납치 및 감금. 그 개새끼가 신고했대. 연호 아빠."

　"진짜 미치겠네. 지금 동서랑 처제도 경찰들한테 잡혀갔어. 이지연 납치 및 절도 혐의래."

　"뭐? 거긴 누가 신고한 거야?"

　"진태호겠지. 이지연 매니저."

　선록은 확신했다. 이 모든 일을 꾸미고 조정하는 것은 지연의 매니저 태호라는 것을. 그리고 민철에게 받은 사진을 통해 짐작 가는 부분도 있다. 연호만 봤을 때는 몰랐지만, 지연의 젊은 시절 사진을 보고 연호를 떠올리니, 한눈에 알아보지 못한 것이 이상하다고 느껴질 만큼 너무나 닮았다. 아마도 연호는 지연의 아들일 것이다. 그렇다는 얘기는 결국 또 하나의 사건이라는 뜻이다. 이지연의 매니저이자 연호 아빠인 진태호.

　선록은 그를 잡아야 했다.

20

고속도로

선록은 고속도로를 달리고 있다. 장인과 장모, 완수와 선애는 모두 경찰서에 잡혀갔다. 선영은 아율이와 함께 과수원에 있지만, 아영이를 픽업해서 집으로 가야 한다. 가족 모두 움직이지 못하는 상황이다. 선록은 만약 이 모든 상황을 태호가 의도한 것이라면 그의 계산이 정확했다는 생각이 들었다. 가족들은 아무런 대비도 없이 태호의 덫에 걸려든 것이니 말이다.

선록은 과수원으로 달려가고 있지만, 어디로 먼저 가야 할지 판단이 서지 않았다. 도와줄 사람이 필요하지만, 왕래가 적은 애매한 친척들이나 친구들에게 부탁할 수 있는 내용도 아니다. 운전하는 내내 아무리 생각을 해도 이 상황을 다 털어놓고 부탁할 수 있는 사람은 민철밖에 없다는 결론이 나왔다. 선록은 민철에게 보이스톡을 걸었다.

"형, 통화 괜찮아요?"

"안 그래도 전화하려고 했어. 너 거기 무슨 일 있지? 너하고 통화한 김에 생각이 나서 아버지랑 어머니랑 완수한테 전화했는데 다 안 받잖아. 무슨 일 있어?"

"내용이 복잡해요. 우리 또 이상한 일에 휘말린 거 같아요."

"나 하나로 부족했냐? 너희 가족들은 왜 가만히 있지를 못해?"

"지금 우리 장인어른, 장모님, 처제랑 동서가 다 경찰서에 잡혀 있어요."

"뭐?"

"형 친구 중에 변호사 없어요?"

"있지. 보내줘?"

"예. 아무래도 제가 지금 멀기도 하고요. 제가 가봤자 할 수 있는 것도 별로 없을 것 같아요. 형이 변호사를 보내주시면 큰 도움이 될 것 같아요."

"알았어. 톡으로 경찰서랑 무슨 혐의인지 보내봐."

"예, 형. 고마워요. 연락드릴게요."

선록은 겨우 안도했다. 가족이 문제가 될 만한 행동을 한 게 없으니, 변호사가 가는 것만으로도 금방 나올 수 있을 것이다. 이것을 태호가 모를 리 없음에도 무리해서 신고한 건, 그에게 시간이 필요하기 때문이다. 우리 가족이 지금 자신을 방해한다고 생각하고 있고, 우리의 방해를 받지 않고 자신이 원하는 행동을 할 시간이 필요한 것이다.

선록의 마음은 더 초조해지기 시작했다. 선록이 지키고 도와 줘야겠다고 생각했던 지연과 연호가 어디에 있는지, 어떻게 있는지 전혀 가늠할 수 없는 상태이기 때문이다. 선록은 선영에게 전화를 걸었다.

"오빠, 얼마나 왔어?"

"아직 1시간은 걸려. 아영이는?"

"지금 막 데리고 와서 밥 먹이고 있어."

"애들 밥 먹이고, 전화로라도 그 태호에 대해서 좀 알아봐. 이지연에 대해서도."

"내가 어떻게?"

"몰라. 나도 모르겠는데, 아무래도 뭐라도 해야 할 것 같으니까. 작은 정보라도 모으자는 거지."

문득 선록은 한옥이 생각났다. 지금 지연이나 연호, 태호의 행방이 모두 묘연한 상태라면 아무래도 가장 숨어 있기 좋은 장소는 바로 그 한옥일 수 있다. 우리 가족은 연호 때문에 우연히 알게 된 거지만, 연호가 아니었다면 그곳은 정말 아무도 모르는 곳이고, 아무도 관심을 두지 않을 만한 곳이기 때문이다. 만약 연호가 친구들한테 그곳으로 이사 간다고 말했다는 사실을 태호가 모른다면, 여전히 숨기에 최적의 장소라고 생각할 수 있다.

"나는 이미나한테 확인을 좀 하고 한옥으로 갈 테니까, 당신도 알아보면서, 혹시 누가 오는지 베란다에서 잘 지켜봐."

"알았어. 근데 이미나는 누구야?"

"당신이 아는 그 탤런트 이미나. 이지연이랑 친분이 있나 봐."

"그럼 이지연이 유일하게 고맙다는 편지를 쓴 이미나가 그 이미나라고?"

선영과의 전화를 끊은 선록은 여수에서 포도를 받은 여주인에게 전화해서 물어봤다. 그리고 마지막으로 이미나에게 전화했다. 이미나하고는 꽤 길게 통화했다. 전화를 끊자마자 선영에게 전화가 왔다.

"진짜 이지연이 그 이지연이었네?"

"누가 그래?"

"조동 중에 연예계 소식 좋아하는 애들이랑 말해 보니 다들 알던데?"

"그래? 뭐래?"

"작년부터 좀 안 좋은 소문이 돌았나 봐. 그리고 그 소문이 기사까지 돼서 더 난리였고. 근데 워낙 예전 배우라서 생각보다 이슈가 되지는 않았는데, 우리 동네에 살아서 그런지 우리 동네 맘카페랑 입주민 카페에서만 난리였나 봐. 나랑 오빠만 몰랐어. 오빠도 들은 게 있어?"

"작년에 그 안 좋은 소문이 돌기 시작한 게 무슨 단톡방 때문이었던 거 같아. 그리고 그 얘기가 흘러서 우리 동네까지 난리가 난 거고."

"이거 뭐 형체도 없는 소문만 찾아다니는 것 같잖아. 이제는 누구한테 뭘 물어봐야 하는지도 모르겠어."

"태호는? 태호에 대해서는 아는 사람 없어?"

"그 사람은 진짜 뭘 알아볼 수 있는 게 없어. 혹시나 하고 배달 대행 사무실에 전화해서 물어봤거든? 그 태호라는 사람이 배달을 시작한 게 얼마 안 됐나 봐. 여름부터라고 하던데."

선록은 머리가 복잡해지기 시작했다. 지금 자신에게 들어오는 정보들이 태호가 그리고 있는 무엇인가를 보여주는 퍼즐 같기는 한데, 그 조각이 너무 작고 많아서 하나의 그림으로 연결되지 않는 기분이었다. 어느새 선록의 차는 집에 거의 다 도착했다.

"그 집은 뭐 수상한 거 없어?"

"아직은 불도 안 켜져 있고 쥐 죽은 듯이 조용해."

"알았어. 그럼 내가 이제 그 집으로 가볼게."

"알았어. 조심해."

선록은 전화를 끊고 차 콘솔박스에 있는 플래시를 주머니에 챙겼다. 컴컴한 과수원길을 다닐 때 쓰려고 사뒀는데 이렇게 쓰게 될 줄은 몰랐다. 선록은 차갑고 딱딱한 플래시를 만지면서 제발 이 플래시가 비치는 곳에 불행한 일이 없었으면 좋겠다고 생각했다.

21

한옥-3

선록은 까맣고 딱딱한 플래시를 들고 대문 앞에 섰다. 저 먼 하늘로 서서히 노을이 붉어지고, 아무런 조명도 없이 컴컴하게 서 있는 한옥은 마치 영화 세트장 같았다. 평소 같으면 장인과 완수가 함께였겠지만, 그들 없이 혼자 저 어두운 공간으로 들어가려 하니 벌써 심장이 쪼그라드는 것 같았다.

선록은 대문으로 들어가려다 안의 공간이 어떻게 되어 있는지, 혹시 누군가 있을 수도 있겠다는 생각에 한옥 뒤편으로 이어진 밭쪽부터 살펴보기로 했다. 밭쪽은 이미 한번 살펴본 적이 있으니 아무래도 마음이 더 놓이기도 했다.

누구든 안 좋은 일을 벌이고 있을 수도 있다는 생각에 서두르고 싶었지만, 그의 발은 마음처럼 대담하지 않았다. 천천히 밭을 살펴봤지만 이상한 점은 없었다. 다만 좀 어색한 건, 밭에 심은 나무들이 예전에 집에서 내려다 보기에는 적당한 간격으로 일정했는데, 지금은 바깥쪽의 나무들만 나무와 나무 사이에 한 그루씩 더 있는 것 같았다.

"나무를 많이 심겠다고 바투 심으면 열매가 맛이 없어. 얘네들도 다 자라는 데 필요한 조건이 있는데, 결국 영양분도 햇빛도 다 나눠 먹는 거거든? 무조건 나무가 많다고 열매도 많은 게 아니야."

과수원에서 샤인머스캣 나무를 옮겨 심으며 장인이 했던 말이 떠올랐다. 장인의 말에 따르면 이렇게 심은 건 농사를 잘 짓기 위함은 아니라는 뜻이다. 나무 밑의 흙 상태를 보니 옮겨 심은 지 얼마 되지 않은 것 같았다. 이 나무들은 외부의 시선을 차단하기 위한 용도라는 말이 된다. 선록의 심장은 더 빨리 뛰기 시작했다.

울타리처럼 보이는 나무들을 지나자 그 안쪽으로는 나무와 나무 사이에 수십 개의 구덩이들이 파여 있었다. 구덩이들은 좁고 깊게, 어찌 보면 마치 함정이라도 파놓은 것처럼 보였다. 그 깊이도 생각보다 깊어서, 사람 키보다 훨씬 깊을 것 같았다. 점점 어두워지는 시간에, 나무들 사이로 빽빽하게 구덩이까지 있어서, 긴장으로 다리가 덜덜 떨리는 선록은 앞으로 나가기 힘들었다.

나무들 사이를 겨우 지나고 나니 한쪽에는 장독대가 있었고, 그 옆으로 뒷문이 보였다. 일반 방문을 밖에다가 달아놓은 뒷문은

210

동그란 손잡이의 잠금 버튼이 밖으로 나와 있어서 별도의 잠금장치만 없다면 열고 들어갈 수 있겠다는 생각이 들었다. 선록은 조심스럽게 다가가서 손잡이를 잡고 천천히 돌렸다. 문은 아무런 저항도 없이 자연스럽게 열렸다.

끼이익.

오래된 경첩 소리인지, 문틀과 잘 맞지 않는 문짝에서 나는 소리인지는 모르겠지만, 어두운 집으로 들어가는 문소리에 온몸의 털이 곤두서는 듯했다. 선록은 호기롭게 뒷문을 당겨서 열기는 했지만, 차마 그 문턱을 넘을 용기는 나지 않았다. 몇 번이나 발을 들어 집안으로 내디디려 했지만, 든 발도 버틴 발도 너무 떨려서 나아갈 수 없었다.

선록은 고개를 들어 아파트 방향을 올려다봤다. 어느새 해가 지고 꽤 거리가 있어서 보이지는 않았지만, 마치 선영이 자신을 보고 있는 것 같은 느낌이 들었다.

"혼자라면 절대 할 수 없어. 나만을 위한 일이라면 벌써 포기했을 거야. 그런데 지금은 아니야. 우리 모두를 위한 일이야."

선록은 보이지 않는 선영을 향해 중얼거렸다. 떨리는 다리를 주먹으로 내리치며 손에 든 플래시를 단단히 움켜쥐고, 집으로 걸어 들어갔다.

집 안은 훨씬 더 어둡고 음산했다. 플래시를 이리저리 비추며

구조를 파악하려 했지만, 안에 들어찬 짐이 너무 많았다.

"어차피 이사를 올 수는 없었네."

바닥에는 농약병이나 비료 포대 같은 것들이 널브러져 있고, 컵라면 용기에 물병, 담배꽁초도 수북했다. 선록이 집 안쪽으로 들어갈수록 사람이 들어와서 살 곳이 아니라는 생각이 들었다. 창가 쪽에는 낡은 책장 같은 것들도 있고, 벽에는 낡은 장롱도 보였다. 장롱문의 경첩이 고장 났는지 조금 열려 있었다.

선록은 그곳에 있는 모든 문이 무서웠다. 얼핏 보이는 닫힌 방문이나 살짝 열린 장롱문, 저 안쪽으로 보이는 싱크대 찬장도 모두 안에서 뭐가 튀어나와도 이상하지 않을 모습이었다. 선록은 태호와 지연이 이곳에서 도대체 뭘 하려고 했는지 궁금했다. 그리고 그 답을 안방에서 찾을 수 있었다.

안방은 정리가 잘 되어 있었다. 아무것도 떨어져 있지 않은 바닥과 한쪽에 놓인 깔끔한 철제 책상 그리고 벽에 붙어 있는 간이 침대. 그 옆에 소형 냉장고까지 있는 걸 보니 이곳에서 누군가 꽤 오랜 기간 생활을 했다는 생각이 들었다.

마주 보이는 벽에 설치되어 있는 커다란 칠판을 보고, 선록은 이 비슷한 장면을 수많은 영화와 드라마에서 본 것 같았다.

칠판을 가득 채운 여러 사진과 메모, 사진들을 오가는 수많은 화살표. 그리고 사진들 밑에 쓰인 낯익은 이름들. 선록은 자신의 주머니에 들어있는 배달 리스트를 꺼내서 그 이름들과 비교해 봤다. 예상대로 거기 붙어 있는 사람들과 지연이 포도를 배달시켰던 명단이 일치했다. 이미나까지도. 선록의 짐작대로 이 모든 사건은 결국 복수극이었다. 작년에 지연에게 일어난 사건에서 파생된 무서운 복수극. 칠판에는 험한 말들이 가득했다.

배달기사로 접근.

대리운전기사로 접근.

택배기사로 접근.

아파트 설비보수 인부로 접근.

칠판에는 100명의 주소를 바탕으로 그 사람들에게 어떻게 접근해야 하는지 그리고 어떻게 죽일 건지에 대한 구체적인 계획들이 적혀 있었다. 그들의 이름 앞에는 번호가 있었고, 아마 살인의 순서인 것 같았다.

선록은 눈앞에 있는 게 죄다 믿기지 않았다. 누군가가 이건 영화를 찍기 위한 세트라고 말한다면 의심 없이 믿을 것 같았다. 하지만 그렇게 믿고 넘기기엔 너무 구체적이었다. 이 방으로 오다 봤던 작은 방에 쌓여 있는 농약들, 작은 냉장고 안에 있는 약병들, 이지연이 피로 썼던 편지부터 한옥까지, 모두가 하나로 모이기 시작했다. 선록은 눈앞의 현실이 너무 차가워서 등이 뜨겁게 타고 있는 듯한 착각이 들었다. 손에 든 작은 플래시가 비추는 곳마다 지연의 상처가 보이는 것만 같았다. 더 알아야겠다고 생각했다. 지금까지 알게 된 일들보다 더 쓰리고 아픈 상처가 있다는 느낌이 들었다. 무엇보다 본인에게 듣고 싶었다. 무슨 일이 있었는지 그리고 지금 이 일들이 지연에게 전해졌는지.

그때 전화가 울렸다. 저장되지 않은 번호였지만 선록은 누구에게 온 전화인지 감이 왔다. 대학 시절부터 그녀의 전화번호 마지막 숫자는 항상 이거였으니까.

1004.

22

1004

　선록은 전화를 건 사람이 누군지 알면서도 쉽게 받을 수 없었다. 그녀에게 듣고 싶은 말이 많았지만, 통화 버튼을 누르는 것이 겁이 났다. 어쩌면 연예인이 되어 떠나가 버린 지연을 선록이 애써 잊으려 한 것도 같은 이유였을지 모르겠다. 자신에게 항상 근사했던 지연이 아파하는 걸 볼 자신이 없었다.

　고민하는 사이에 전화는 끊겼다. 선록의 심정은 복잡했다. 끊겨버린 전화가 다행인 건지, 아니 지금 온 가족이 이런 상황에 빠진 것이 바로 이 전화 한 통을 위한 것이었는데 왜 받지를 못하는 건지. 선록은 몇 번이고 휴대전화를 만지작거리며 고민했다.

　전화가 다시 걸려 왔다.

　"여보세요? 여보세요?"

　상대는 아무런 말도 하지 않았다. 수화기 너머로 바람 소리만

들려왔다. 야외다. 선록은 아무런 근거도 없이 그가 어딘가 아주 높은 곳에 서 있는 것 같다는 생각이 들었다.

"누나! 지금 어디예요? 지금 거기 어디냐고요!"

선록은 집이 떠나갈 듯이 큰소리를 질렀다. 그 순간 자신이 피하고자 했던 지연의 모습은 아무 상관 없다는 생각이 들었다. 그냥 살아 있으면, 그저 살아만 있었으면……. 그의 간절한 마음이 목소리가 되어 울부짖었다. 그의 울부짖음과는 상관없이 전화는 끊겼다.

선록은 그 자리에 그대로 주저앉고 말았다. 그리고 소리 없이 울기 시작했다. 모든 게 자기 탓인 것만 같았다. 이제 뭘 어떻게 해야 할지 아무것도 생각나지 않았다.

그때 문자가 왔다.

"과수원이야. 마지막으로 달콤한 게 먹고 싶어서."

선록은 미친 듯이 차로 뛰었다. 마치 자신이 미식축구 선수라도 되는 것처럼 현관문과 대문을 부술 듯이 밀어내고 달렸다. 아직은 늦지 않은 시간이라 산책을 하던 사람들이 선록의 그런 모습을 이상하게 바라봤다.

선록은 차에 타자마자 시동을 걸고 과수원으로 향했다. 원래라면 15분이면 갈 거리였지만, 퇴근 시간에 걸려 도로에는 차가 많았다. 마음 같아서는 차를 버리고 뛰어가고 싶었지만, 뛰어가도 시간은 비슷하게 걸릴 걸 알고 있었다. 그래서 어쩔 수 없이 발만 동동거리며 신호가 바뀌길 기다렸다.

그때 선영에게서 전화가 왔다.

"오빠, 아빠랑 엄마는 나올 수 있나 봐. 보호자가 와서 뭘 확인해 줘야 한다는데, 갈 수 있어?"

"아니, 나 지금 이지연한테 연락이 왔어. 지금 과수원이래. 우선 난 거기부터 가봐야 할 것 같아."

"알았어. 그럼 내가 애들을 데리고서라도 갈게."

선록은 선영의 전화를 받고 다행이라는 생각이 들었다. 그런데 문득 가슴 한쪽이 찌릿한 느낌도 있었다. 선록은 그 감정이 무엇인지를 생각할 틈도 없이 신호가 바뀌자 차선을 이리저리 타며 과수원으로 향했다.

그렇게 25분 만에 도착한 과수원에는 아무런 인기척도 없었다. 적막한 과수원에서 선록은 지연을 찾아다녔다. 처음에는 포도를 먹고 있을 수도 있겠다는 생각에 포도 창고부터 가봤다. 포도밭에도 들어가 보고, 사과나무와 달래가 있는 뒤쪽 밭도 둘러봤다. 그럴 리 없겠지만, 저 안쪽에 있는 밤나무부터 언덕 위에 있는 복숭아나무까지 선록이 확인할 수 있는 곳은 모두 확인했다. 하지만 그 어디에도 지연의 모습은 없었다.

그렇게 한참을 찾아 헤매고 나니, 과수원으로 선영의 차가 들어왔다. 장인과 장모가 돌아온 것이라고 생각한 선록은 글썽이던 눈물을 닦고 차로 향했다.

"경찰서까지 다녀오시고, 고생 많으셨습니다."

"이지연이 여기 왔다면서. 찾았어?"

"아니요. 없어요."

"그런데 어디서 연락이 온 거야?"

"이지연한테 직접 왔어요. 알고 보니 제 대학 선배더라고요."

"뭐? 그걸 왜 이제야 말해?"

"워낙 흔한 이름이라 그 사람인 줄 몰랐어요. 연락이 끊겨져서 연락처도 몰랐고요."

"뭐래? 뭐라고 연락이 왔는데?"

"단 게 먹고 싶다고요. 마지막으로."

그때 선록에게 전화가 왔다. 선록은 전화를 받은 채 아무 말도 하지 않고 수화기 너머의 소리만 듣고 있었다. 그러고는 선영에게 말했다.

"나 좀 어디 갈 데가 생겼어."

"어디?"

"이따가 말해줄게."

선록은 급한 마음에 아무런 설명도 하지 않고 바로 차로 뛰었다. 선록의 차가 나가는 동시에 택시 한 대가 과수원으로 들어왔

218

고, 택시에선 완수와 선애가 내렸다. 선애는 내리자마자 아영이부터 찾았다.

"언니, 아영이는?"

"아영이랑 아율이 우리 유치원에 맡겼어. 경찰서 가는 길에 마침 유치원 선생님께 전화가 왔더라고, 다른 아이 하나가 사정이 좀 있어서 늦게까지 원에 있다고, 연호는 잘 갔냐고 궁금해서 전화했다고. 그래서 염치를 무릅쓰고 그냥 맡기고 왔어. 이제 데리러 가면 돼."

"근데 형부는 어디 가?"

"몰라. 급하게 갈 데가 있대."

"이제 다 끝난 거야? 그 여자 찾았어?"

"아니."

"그럼 뭐야? 진짜 정말 어디서 잘못되는 거 아냐?"

"너 퉤퉤퉤 해! 말이 씨가 된다고 했어!"

"알았어. 나도 걱정이 되니까 그렇지! 이깟 퉤퉤퉤로 살 거 같으면 백번이라도 한다. 퉤퉤퉤!"

아무것도 해결이 된 건 없지만, 억울하게 잡혀갔던 가족들이 돌아와서인지, 아니면 서로에게 든든한 가족들이 모여서인지 무거운 분위기도 조금 가벼워진 듯했다. 하지만 그런 분위기는 단 5분도 이어지지 못했다.

[고마웠습니다. 부디 건강하세요.]

　장인과 장모의 전화기에 문자가 들어왔다. 장인과 장모는 문자를 보고 아무 말도 하지 않았다. 누구에게 온 메시지인지 짐작이 갔기 때문이다. 장모는 그 두 줄의 메시지에 눈물이 나기 시작했다. 지금 이럴 상황이 아니라는 걸 알고 있었지만, 그 문자가 도착한 순간 모든 게 끝났다는 생각이 들었다.

　그 순간 완수에게는 발신자가 '태호'로 찍힌 문자가 도착했다

[오랜만에 친구라고 부를 수 있는 사람이 생겼는데, 미안하다.]

　완수는 화가 나기 시작했다. 지금 자신과 가족들이 이들을 위해 뛰어다녔음에도, 그렇게 아등바등 막아보려고 했는데도 막지 못한 것 같다는 무력감 때문이었다. 이제 정말 어떻게 해야 할지, 어디로 가야 할지 모르겠다. 가족들 모두 그 자리에 멍하게 서 있었다. 진짜 모든 게 끝난 것 같은 두려움, 자신들은 결국 아무것도 하지 못했다는 자책, 뭘 어떻게 해야 할지 모른다는 무력감이 동시에 그들의 마음속을 흔들고 있었다.

　그때 아율이의 유치원 선생님께 전화가 왔다.

"예, 선생님. 죄송합니다. 지금 바로 데리러 갈게요."

"아닙니다. 지금 세호도 아직 아버님이 데리러 오지 않으셔서 같이 놀고 있어요."

"아, 예……. 여튼 저희는 지금 갈게요."

"예, 어머니. 근데 지금 아파트 옆에 그 한옥 있잖아요. 그 집에 불이 났대요. 그쪽으로 소방차랑 구급차랑 많이 와서 난리거든요. 다른 방향으로 오시는 게 좋을 것 같아요."

선영은 갑자기 등골이 오싹해졌다. 지금 받은 문자 그리고 한옥에 난 불. 그 둘 사이에 뭔가가 있는 것 같다는 생각이 들었다. 입 밖으로 꺼내고 싶지 않았지만 그럴 수 없었다. 선영은 조심스럽게 가족들에게 말했다.

"그 한옥에 불이 났대. 지금 소방차도 오고 난리라는데? 혹시……."

"거기에 불이 났다고?"

선영은 순간 소름이 돋았다. 갑자기 선록이 위험할 수도 있겠다는 생각이 머릿속을 가득 채웠다.

"오빠가 혹시 거기 간 거 아닐까?"

"박 서방이 거기 갔다고?"

"설마……. 별일 없을 거야. 그리고 박 서방이잖아. 너무 걱정하지 마."

"전에 보험설계사가 태호를 알아봤다며. 보험도 많이 들었다며!"

"화재보험……."

"우리 가봐야 하지 않을까요?"

"그래, 우선 가자!"

가족들은 선록의 집으로 향하며 아무도 말을 하지 않았다. 괜히 말을 꺼냈다가 그 말이 현실이 될 것만 같은 걱정 때문이었다. 모두 속으로 빌었다.

아무 일도 아니기를.

아무 일도 아니기를.

아무 일도 아니기를.

한옥-4

가족들은 선록의 아파트 앞에 도착했다. 장모는 자신이 아이들을 챙겨서 선록의 집으로 가겠다며 유치원으로 향했다. 나머지 가족들은 화재가 난 한옥으로 향했다.

한옥에는 이미 많은 사람이 몰려 불구경을 하고 있었다. 경찰들이 몰려든 사람을 통제했고, 소방관들은 분주하게 화재를 진압하고 있었다. 소방차 덕에 거의 진화가 된 듯했고, 한옥은 전소 상태였다. 구경하던 사람들은 나무로 된 오래된 한옥이어서 불이 더 금방 번졌고 빠르게 타버렸을 거라고 수군거렸다. 뒤쪽 밭에도 검은 재만 가득했다.

가족들은 경찰들이 쳐놓은 폴리스라인 밖에서 바라보는 것 말고는 아무것도 할 수 있는 것이 없었다. 화재 현장에 울려 퍼지는 엄청난 소음들은 그들을 멍하게 만들었다. 몰려 있는 사람들이 수

군대기 시작했다. 화제 관련 기사가 난 모양이다. 완수가 포털에 들어가 기사를 찾아봤다.

> [경기도 신도시 주택 화재로 사망자 2명 발생. 현장에서 발견된 신분증과 최근 부동산 거래 내역으로 배우 이지연 씨와 매니저 진태호 씨로 추정.]

완수가 가족들에게 속보를 읽어주자마자 선영과 선애는 소리를 지르며 그 자리에 주저앉았다. 그리고 완수는 아무 말도 하지 못한 채 멍하니 화재 현장만 바라봤다. 지금 이 상황이 모두 거짓말 같았다. 꿈이겠지? 영화 촬영을 하고 있는 건가? 누가 거짓말이라고 해줬으면 좋겠다는 생각만 가득했다. 가족들은 아무도 말을 하지 않았지만, 이곳으로 향하는 내내 빌고 빌었다.

아무 일도 아니길.

별거 아니길.

차라리 그냥 돈 문제이길.

그런데 결국 그들이 가장 우려하던 일이 벌어졌다. 그것도 바로 그들의 눈앞에서. 그때 집안에서 들것에 실린 사람 두 명이 구급차에 실리고 있었다. 선영이 일어나 소리쳤다.

"연호는 어디 있는 거야! 연호는?"

선영은 누가 말릴 틈도 없이 화재 현장으로 가서 경찰들에게 물어보기 시작했다.

"아이는요? 아이는 없었어요? 혹시 일곱 살짜리 남자아이는 없었나요?"

울면서 연호를 찾는 선영을 장인이 말없이 잡았다. 선영은 아버지의 손길이 느껴지자마자 그대로 무너지듯 주저앉았다. 장인은 아무 말도 하지 않았다. 그저 선영이 진정하기를, 조금이라도 괜찮아지기를 기다리고 있었다. 하지만 선영과 선애는 그곳에서 꽤 오랜 시간을 울었다. 자신들이 겪은 상황보다도 그들이 겪었을 시간이 더 심장을 태우는 듯했다. 가족들의 머릿속에는 지연이 썼던 그 편지들이 하나씩 지나가는 기분이었다.

"아이고, 이것아. 그리 독하게 살았으면 조금만 더 버텨보지. 시퍼런 자식도 있는데 그놈 보고 참아보지. 아이고 이것아. 아이고 이것아."

장인은 울지 않았지만, 조금 멍한 상태로 계속 중얼거리고 있었다. 어느새 다 타버린 화재 현장에는 검은 잿더미 위에 흰 연기만 피어나고 있었다.

그렇게 얼마의 시간이 지났을까. 장인이 말했다.

"우리도…… 과수원으로 가자."

"예, 장모님께는 제가 전화드릴게요."

"오빠도 과수원으로 온대."

가족 모두 과수원으로 향했다. 아율이와 아영이는 할아버지와 할머니 품에 안겨 잠들었고, 선영과 선애는 가는 내내 새로 올라오는 기사들을 보고 있었다.

[추억의 스타 이지연, 매니저와 함께 시신으로 발견. 그녀의 불행의 역사는 결국 비극으로 마침표.]

[화재 현장에서 발견된 이지연. 그녀는 과연 누구인가?]

[현장에서 유서 발견. 우울증으로 인한 잘못된 선택.]

[사건 현장에서 방화의 흔적 발견. 스스로 안타까운 선택을 한 추억의 스타 이지연.]

포털에는 어느새 이지연과 화재 사건에 대한 기사가 쏟아지기 시작했다. 가족들은 과수원에 도착할 때까지 아무런 말도 하지 않았다. 차 안을 가득 메운 침묵은 결국 과수원에 도착해서야 깨졌다.

"애들은 그냥 방에 눕혀."

안방에 아영이와 아율이를 눕힌 완수는 가족들이 모여 있는 거실에 앉았다. 곧 선록도 도착했다. 그리고 장인이 무엇인가를 말하려는 순간, 선록의 핸드폰으로 부고 문자가 들어왔다.

[訃告故 이지연 님과 故 진태호 님께서 별세하셨기에아래와

　같이 부고를 전해드립니다.]

　선록은 말없이 휴대전화를 내밀었다. 그리고 가족들도 묵묵히
문자를 바라봤다. 장인이 어렵게 입을 열었다.
　"가봐야지."
　"진옥이한테 와서 애들 좀 보라고 할게요."
　"우리도 집에 가서 옷 갈아입고 갈게."
　"저희도요."
　그렇게 그 문자를 본 가족들은 말없이 각자의 공간으로 흩어
졌다.

24
장례식장

부고에 나온 장례식장은 과수원과 멀지 않은 곳이었다. 도시 외곽에 있는 오래된 장례식장이었는데, 너무 급하게 잡아서 그곳에 잡은 것이 아닌가 하는 생각을 했다. 왜냐면 이 장례식장은 이 도시에서 가장 낡고 인적도 드문 외진 곳이기 때문이다. 장인과 장모는 예전에도 몇 번 이곳에서 지인들을 보낸 적이 있지만, 올 때마다 기분이 썩 좋은 곳은 아니었다. 그래서인지 그들의 마음은 더 무겁고 아팠다. 가족들은 마치 약속한 듯 비슷한 시간에 장례식장 주차장에 도착했다.

"진옥이 이모 오셨어?"

"어. 너희 이모부랑 자고 간다고 아예 잠옷으로 갈아입고 왔더라."

가족들은 그 말을 끝으로 말없이 장례식장 입구로 향했다. 입구에 들어서자 안내 화면에는 오직 이지연과 진태호의 이름만 있었다. 장례식 호실을 확인하고 또 말없이 발걸음을 옮겼다. 코너를 돌자 긴 통로에 가득 차 있는 화환들이 눈에 들어왔다. 가족들은 천천히 그 화환이 놓여 있는 길을 걸어가는데, 화환에 적힌 이름들이 낯설지 않았다. 모두 이지연이 포도 배달을 부탁한 사람들이었다. 커다란 장례식장에 100여 개의 화환들이 큰 꽃길을 만들고 있었다. 그 길을 지나자 아무도 없는 빈소가 나타났고, 앞에는 이지연과 진태호의 영정이 놓여 있었다. 선록은 웃고 있는 지연의 모습에 가슴이 아려 왔다. 그리고 완수 역시 그곳에 놓여 있는 태호의 사진에 씁쓸한 기분이 들었다.

선록이 말없이 그들의 빈소 앞으로 다가갔다. 그리고 낮은 목소리로 말했다.

"나와."

선록의 목소리는 무거운 연기처럼 장례식장 바닥에 깔려 퍼져 나갔다. 하지만 아무런 반응도 없이 무거운 침묵만이 그 공간을 채웠다. 선록은 조금 더 큰 목소리로 말했다.

"나오라고."

텅 빈 공간에 울리는 선록의 목소리는 긴 여운을 남겼다. 그리고 그 긴 여운이 사라질 때쯤, 빈소 뒤에서 한 남자가 천천히 모습을 드러냈다. 태호였다. 가족들 누구도 당황하지 않았다.

"왜? 기다리던 사람이 아닌가?"

"당연히 아니지."

"미안하지만 아무도 안 올 거야."

선록의 말을 듣고 태호의 눈에 힘이 들어가기 시작했다. 계획대로라면 부고 문자를 받은 사람이 한둘씩은 와야 할 시간이지만 아무도 오지 않았다. 태호는 자신의 계획이 틀어진 것에 화가 났다. 하지만 최대한 차분하게 선록에게 물었다.

"왜?"

선록이 태호를 바라보고 아무 대답도 하지 않자, 태호는 자신의 감정을 억누른 채 다시 힘겹게 한마디를 던졌다.

"왜냐고."

점점 더 붉어지는 태호의 얼굴은 당장이라도 폭발할 것만 같았다. 무표정한 얼굴로 아무런 대꾸도 하지 않는 선록에게 태호는 점점 더 큰 분노를 느꼈다.

"왜 이렇게 망친 건데? 왜? 이제 정말 다 끝낼 수 있었는데! 네가 뭔데 날 말리냐고!"

결국 참지 못하고 터져버린 태호는 마치 야수의 울부짖음처럼 큰소리를 질렀다.

"네 계획을 망친 건 내가 아니야."

"뭐라고?"

"널 말린 건 지연이 누나야. 누나의 자살을 네가 막은 것처럼."

"그게 무슨 소리야!"

"처음에 누나 번호로 걸려 온 네 전화를 받고, 나는 당연히 누나인 줄 알았어. 그동안 누나를 찾지 못한 미안함에 나는 앞뒤 안가리고 과수원으로 달려갔지. 그때 마침 아버지랑 어머니도, 선애랑 조 서방도 모두 풀려나서 과수원으로 왔고, 나는 도착하자마자 이상하다고 생각했어. 왜냐하면 지난번 한옥에 갔을 때 대문 사이로 휘발유통이 여럿 보였거든. 나는 그 순간, 나를 밖으로 빠져나오게 하려고 전화했다는 걸 알았어. 네가 그 한옥에 불을 지를 것도. 그래서 바로 다시 돌아가려고 했어. 그런데 그때 지연이 누나한테서 전화가 왔어."

"뭐?"

"누나는 차분하게 원래 계획부터 말했어. 복수하고 싶었다고. 자기 인생을 이렇게 만들어 버린 그 사람들을 다 죽여버리고 싶었다고. 그래서 예쁜 카페를 차린 다음에 아무렇지 않은 척 개업식에 사람들을 초대해서 한 명씩 죽이려고 했다고. 그래서 하나씩하나씩 그 사람들을 묻어버릴 구덩이를 파고 있었다고. 그런데 갑자기 다 하기 싫어졌대. 자신이 그렇게 열심히 누군가를 죽이기위해 노력하는 것마저 그 사람들에게는 사치라고 느껴졌대. 그래서 그냥 자신이 죽는 것으로, 자신이 끔찍하게 죽어서 그 기억으로 평생 힘들게 살았으면 한다고 했어. 그렇게 자기 혼자 죽으려고, 최대한 끔찍하게 죽어서 그 동영상을 그들에게 보내겠다고. 그런데 그걸 네가 막았다고 하더라. 그 사람들을 다 죽이겠다며."

태호는 실성한 듯 웃기 시작했다. 선록은 그런 그를 무표정하게 바라보았다. 태호는 선록의 반응을 보며 더 크게 웃었다. 그러고는 다시 서늘하게 말했다.

"진짜 웃기지 않아? 자신의 삶을 엉망으로 만든 사람들에게 하는 복수가 자살이라는 게? 그것도 자신의 치부를 퍼 나르며 낄낄거리던 사람들에게 자신의 자살하는 장면을 남겨서 평생 기억에 남게 한다는 거? 말도 안 되지 않아?"

"누나에게는……."

"왜 본인이 죽어! 왜! 등신처럼 왜 자기가 죽을 생각을 하냐고! 자기가 죽을 용기가 있다면 차라리 그 새끼들을 죽여야지! 왜 괴롭힘을 당하고! 인생이 망가지고! 철저히 고립되어 살아온 피해자가 왜 죽냐고! 난 그걸 이해할 수가 없었어. 차라리 누나가 복수를 하고 싶다고 했을 때, 하나씩 다 죽이고 맨 마지막에 자신이 죽겠다고 했을 때, 그게 진짜 솔직한 심정이라고 생각했어. 그리고 그 상황이라면 내가 어떻게 해서든 다 마무리를 지어주려고 했어. 그런데 그 바보 같은 여자는! 또 그렇게 미련한 선택을 하려고 하더라……."

232

"그래서? 그래서 누나를 가둔 거야? 자살하지 못하도록?"

"내가 누나를 가뒀다고? 아니, 난 한 번도 누나를 가둔 적이 없어. 누나가 나오지 않았을 뿐이지."

"그래, 네가 가뒀든 누나가 스스로 그곳에 들어갔든, 그래서 넌 누나 대신 그 모든 일을 하려고 한 거야? 하나씩 모두 죽이려고?"

"아니, 난 누나만큼 인내심이 많지 않아. 누나가 그 빌어먹을 포도값으로 1천만 원을 쓰고 온 날 깨달았거든. 누나는 아무런 복수도 할 수 없다는 거. 그리고 나는 더 이상 기다릴 수 없다는 거. 그래서 난 다 한 번에 죽여버리려고 했어. 이곳에서 모조리 다 태워 죽여버리려고 했다고! 너만 아니면……."

"누나가 나한테 그랬어. 너를 말려달라고. 아니 살려달라고."

태호는 순간 화가 치밀어 올랐다.

"나? 지금 나를 말하는 거야? 평생 이지연의 그림자로 살아온 나를 살리려고 이 계획을 망쳤다고?"

"정말 우습더라. 누나가 100명을 죽이려 했다는 말을 하면서, 자신도 같이 죽으려고 했다는 말을 하면서, 심지어 연호까지 함께 데려가려 했다는 말을 하면서도 누나는 차분했어. 아니 오히려 편안했어. 그런데 너를 살려달라는 말을 하면서는, 자기 대신 모든 사람을 다 죽이고 같이 죽으려 한다는 너를 살려달라고 할 때는 울더라."

"미친년! 결국은 또 다 자기 마음대로야! 결국은 또 다 지 맘대로 한다고! 자기를 그렇게 자기고 놀던 사람들한테 기껏 장난 같은 편지나 써놓고 복수라고 하지."

"그래서 넌 뭘 하려고 한 건데? 진짜 다 죽이기라도 하려고 했던 거야? 그게 복수야?"

"적어도 난 편지나 써놓고 갈 생각은 없으니까."

그 대화를 듣고 있던 완수가 태호를 향해 소리쳤다.

"그럼 넌? 싹 다 죽이고 감옥에서 평생 살게? 아님 같이 죽어 버리게?"

태호는 완수에게 화를 낼 수 없었다. 화를 내고 싶지 않았다. 그래서 조용히 말을 하기 시작했다.

"난 원래 없었어. 별을 찾은 순간부터. 이지연……. 나한테는 진짜 별이었어. 하늘에 반짝이는 별보다 가까운 별. 진짜 그 옆에서 살 수만 있다면 평생 나라는 존재는 그냥 사라져 버려도 좋다고 생각했어. 정말 그렇게 살아왔고. 중요한 건 그 별에 너무 가까이 있으니까 보지 말아야 할 것도 볼 수밖에 없었지. 아주 작은 흠부터, 마음속에 생기는 상처, 그 별이 천천히 빛을 잃어가는 모습까지……. 그래서 기다린 거야. 차라리 내 별이 지기를, 내 눈앞에서 영영 사라지기를……."

234

"네가 죽음을 기다린다고 했던 사람은 이지연이었던 거잖아."

"그래. 어느 순간부터 보고 있는 것도 힘들어졌으니까. 누나의 자살 시도를 막고, 무릎을 꿇고 빌었던 게 10번쯤 반복됐을 때, 살 자고, 아니 살아만 달라고. 제발 아무것도 아니어도 되니, 더 이상 빛나지 않아도 되니, 그냥 살아만 있어 달라고 빌었던 게 딱 10번이었어. 어느 날부터 정말 누나의 눈빛이 좀 살아났지. 난 지금도 그날을 기억해. 누나가 샤인머스캣을 가지고 온 날."

장인은 태호가 하는 말에 순간 고개를 들어 쳐다봤다. 그리고 태호는 그런 장인을 보며 웃었다.

"맞아요, 어르신. 어르신께서 주신 그 샤인머스캣이 누나를 살리고 있었어요. 누나가 제일 빛나던 시절, 일본에서 제일 잘나갈 때 먹었던 과일이 바로 샤인머스캣이었거든요. 누나는 샤인머스캣만 먹고 오면 다시 살아나는 것 같았어요. 샤인머스캣을 먹을 수 있던 그 몇 달 동안은 정말 행복해했죠. 다시 반짝이던 별처럼 보이기도 하고, 연호에게도 정말 엄마가 되어줬어요. 그래서 나는 모두 다시 시작할 수 있을 줄 알았어요."

태호는 추억에 젖은 듯 잠시 웃었다.

"그런데 다시 그 일이 터진 거예요. 다 잊은 줄 알았던 이야기들이 다시 살아난 거죠. 죽지 않는 미라처럼, 지워지지 않은 주홍 글씨처럼 우리를 평생 쫓아다닐 것들. 우리가 잠시 방심한 거죠.

난 그때 직감했어요. 누나가 또 죽을 생각을 한다는 거. 근데 이번에는 말릴 자신이 없었어요. 아니 말리고 싶지 않았어요. 밝았던 누나를 다시 봐서 그런지, 긴 수렁으로 다시 들어가는 누나를 감당할 자신이 없었던 거예요. 그래서 그때부터 기다린 거예요. 누나의 죽음을……."

"보험을 들고? 수혜자를 너로 해놓고?"

완수는 지금 저런 슬픈 표정으로 말하는 태호가 가증스러웠다. 완수에게 지금 태호의 말은 모두 변명이고 핑계로만 들렸다. 하지만 그런 비난의 감정에도 태호는 동요하지 않고 차분히 말을 이어갔다.

"보험 든 거 나 아니야. 안 믿어도 상관없지만, 진짜 내가 아니었어. 누나도 예전과는 달라졌어. 예전에는 그저 그날의 감정에 휩쓸려 약을 먹고 손목을 그었다면, 이번에는 달랐어. 우울한 감정에 빠져서도 자신이 떠난 후를 생각하더라고. 그래서 직접 준비한 거야. 언젠가 과수원에서 만난 보험 아줌마에게 보험을 하나씩 들어가며 자신이 떠나고 난 후에 내 삶을 준비했어. 그리고……연호도 보낼 준비를 하고……."

연호 얘기에 선영이 반응했다.

"연호를 보내? 어디로요?"

"연호…… 진짜 아빠한테……."

"그게 누군데?"

"오늘 여기 불렀죠, 실은."

"누군데요?"

"이 업계에서 워낙 유명한 사업가였어요. 에이전시나 광고 대행 일을 하던 사람이니까 돈도 많아요. 대외적으로는 성격도 좋고, 능력도 있고…….."

"그런 친부가 있었다면 빨리 보냈어야죠. 그렇게 조금이라도 부담을 덜고 살았어야죠."

태호는 선영의 말에 씁쓸한 미소를 지었다. 선영은 그의 표정으로 이미 그가 무슨 말을 하려는지 알 수 있었지만, 그래도 다시 확인하고 싶었다.

"왜 안 보냈어요?"

"그 새끼는요, 진짜 개새끼예요. 누나가 그 새끼랑 살 때 몸무게가 몇이였는지 알아요? 42kg. 키가 170인데 몸무게가 42kg이었어요. 다 그 새끼가 그렇게 관리시킨 거예요. 연예인이 살찌면 퇴물이라고. 애새끼든 어른이든 살이 붙으면 다 미련해지는 거라고. 고기는 아예 손도 못 대게 하고, 1년 365일 내내 풀만 먹였어요."

선영은 떠오르는 것이 있었다.

'엄마, 연호는 집에서 엄마가 밥을 안 준대. 맨날 샐러드만

주고.'

"그래서 연호에게 채식을 시킨 거예요? 아빠에게 보내려고?"

"예. 그 미친놈에게 보내려고 한 거죠. 그래서 풀만 먹이고. 누나노 미진년이죠. 내가 뭐라고. 나 따위가 뭐라고! 그렇게까지 하냐고요!"

선록은 조금씩 태호를 이해할 수 있었다. 그가 왜 지연을 살리고 자신이 이 모든 걸 하려 했는지.

"그래서?"

"그래서! 그래서! 내가 싹 다 죽여버리기로 한 거야! 그런데 생각해 보니까, 이게 다 너 때문인 거 같아. 지금 생각해 보면 처음부터 다 너 때문에 이렇게 일이 어그러진 거라고!"

가족들은 태호의 말을 이해할 수 없었다. 선록은 무언가 알고 있는 듯, 고개를 푹 숙였다.

"오빠 때문이라니……?"

"형은 나 기억도 안 나죠?"

태호는 갑자기 선록을 형이라고 불렀다. 그리고 선록은 이미 알고 있다는 듯이 차분하게 대답했다.

"몰랐어. 네가 내 후배인 줄도 몰랐고, 네가 누나네 회사에 일부러 취직해서 매니저가 된 것도 몰랐고. 미안하다."

"그래, 그렇더라. 나는 항상 누나 옆에 있던 형을 부러워하고 있었는데, 형은 나를 모르고 있더라고. 그럴 수밖에……. 이번에도 그랬어. 옆에서 10번도 넘게 죽음을 말리며 지키던 나보다도 형의 목소리만으로 누나는 마음이 흔들렸으니까."

"내가 아니야……. 누나가 마음이 흔들린 건 나 때문이 아니야. 내 아내 덕분이지."

"오빠, 그게 무슨 말이야?"

대화가 이상하게 흘러간다는 걸 느낀 선영이 선록에게 물었다. 그리고 선록은 그런 선영에게 차분하게 말하기 시작했다.

"누나가 널 알아봤대. 알고 보니 우리 결혼식에도 왔었더라고. 우리 결혼할 때 뜬금없이 동기들이 돈을 모아서 김치냉장고를 사줬던 것도 알고 보니 누나였고, 아율이 돌잔치 때 이름 없이 들어왔던 금팔찌도 누나였어. 그래서 당신이 아율이를 좀 일찍 데려간 날, 연호 편을 들어주며 싸워주던 걸 보고 알아봤다고 하더라고. 너무 고마웠다고."

선영은 마음이 갑자기 복잡해졌다. 아이의 유치원 친구 엄마, 아빠의 과수원 손님, 예전 연예인, 남편의 대학 선배……. 선영은 그녀를 만난 적도 있었다. 뭔가 이상한 기분이었다.

"그날이었나 봐. 냉정하게 죽음을 준비하던 누나가 무기력한 세상으로 들어간 것이. 며칠 있다 나한테 그러더라고. 누군가가 자신을 위해 대신 싸워주는 모습이 자꾸 눈에 아른거려서 마음이 모질어지지 않는다고. 갑자기 모든 게 다 하기 싫어졌다고."

"……다행이네."

"다행이라고? 형은 누나가 어떻게 살아왔는지, 계속 살게 된다면 어떻게 살게 될 건지 알기나 해? 그냥 어둠이야. 아무것도 없는 어둠. 그렇게 빛나던 누나의 삶이 그냥 칠흑 같은 어둠이 되어버리는 거라고. 누나는 몇 년 동안 아무것도 하지 않았어. 우는 것도 처음 얼마 동안이지, 어느 순간부터는 그냥 오로지 죽을 생각만 했다고. 심지어 그렇게 사랑하는 연호를 옆에 두고도 말이야. 다행? 누나는 죽지 않으면 그냥 그대로 말라가는 거야. 영혼도 감정도 관계도 아무것도 없이 말이야. 그런데 다행이라고?"

"그럼 네가 다 죽이고 누나가 살면 뭐가 달라지는데? 너조차 없는 누나의 삶은 앞으로 뭐가 될 건데? 그 아이는 또 어떻게 사는 건데?"

완수는 자신도 모르게 자꾸 태호의 인생에 감정이입하고 있었다. 아마 자신이 짧게라도 봤던 태호의 모습 때문이었을 것이다.

"정신 차리겠지."

"뭐?"

"어쩌면 나 때문일지도 모른다고 생각했어. 아주 오랫동안. 모두가 누나를 버리고 누나의 삶이 바닥을 쳤을 때, 그때 차라리 내가 없었다면 어땠을까? 혹시 누나 스스로 다시 일어날 수 있지 않았을까? 만 번도 넘게 그 생각을 했어. 내 기억 속의 누나는 언제나 당차고 강한 사람이니까. 내가 없다면, 차라리 내가 사라지면 그때는 진짜 정신 차리고. 다시 이지연으로, 다시 연호의 엄마로 힘을 내지 않을까? 그런 생각이 들더라고."

선애는 태호의 말을 들으면서 속이 터져버릴 것 같았다. 서로를 위하는 마음은 가슴이 찢어질 만큼 큰데, 그걸 표현하는 방식이 너무 바보 같았다.

"왜 자꾸 죽이고 죽고……. 그런 걸로 해결하려고 하는데요? 이렇게 서로를 위하는데, 이렇게 서로를 걱정하는데, 왜 자꾸 죽어주려고 하냐고요?"

"왜 죽으려고 하냐고요? 나와 누나의 삶을 조금도 모르는 남이니까 할 수 있는 말인 거예요. 그래요. 나도 내가 남이었으면, 부담 없이 그런 뻔한 조언을 했겠죠. 우리는…… 이쯤 되면 서로 아는 거예요. 정말 이 굴레를 벗어날 방법은 죽음밖에 없다는걸."

선애는 자신도 모르게 태호의 시선을 피했다. 그들의 삶을 모르는 사람이라는 말이 맞기 때문이다. 태호는 선애를 보며 말을 이어갔다.

"이렇게 만나면요. 변명을 할 수 있어요. 누군지 내 앞에 모습을 드러내면 싸울 수도 있고요. 지금처럼 아무리 많은 사람이 날 둘러싸고 있어도 이렇게 눈에 보이면 견딜 수 있어요. 겁이 나고,

무섭고, 도망가고 싶고, 힘들어도 눈에 보이면 뭐라도 해볼 수 있다고요. 근데 보이지 않는 곳에서 날아오는 수많은 비난에선 도망칠 수가 없어요. 도망칠 곳도 없고요. 이상한 루머나 기사가 하나라도 뜨면, 그때부터 당사자는 세상에서 만나는 모든 사람이 자신을 비난하고 욕한다고 생각해요. 아무리 사람들은 잘 모른다, 그 기사 조회수가 얼마 안 된다고 말해도, 그 사람은 하루 종일 그것만 생각하게 된다고요."

완수가 물었다.

"무슨 말이야?"

"너는 내가 지금보다 더 근사하게 살았을 것 같다고 했지? 아니. 전혀. 나는 훨씬 더 거지 같은 세상에서 말도 안 되는 악마들과 싸우며 살아왔어. 온라인 속에 있는 악마들은 가면 뒤에 숨어서 끔찍하고 잔인한 짓을…… 재미 삼아 하고 있거든. 그 댓글 하나가, 농담 하나가 당사자에게는 어떤 흉기가 되어 꽂히는 줄도 모르고. 그 거지 같은 년처럼."

"누나 대신 죽은 그 여자처럼?"

선록은 태호가 말하는 사람이 누군지 알고 있었다.

"그래. 나 대신 죽은 그 기자도."

"오빠, 그럼 그 죽은 사람들도 누군지 다 알고 있는 거야? 그게 누군데?"

"세호 엄마. 선애는 미연이라고 하면 알겠지?"

선영과 선애는 순간, 너무 놀라서 아무 말도 하지 못했다. 선영은 아까 유치원에 세호가 집에 가지 못하고 남아 있었던 사실이 떠올랐다. 선애는 미연이 자랑하듯이 떠들던 그 말들이 머릿속을 맴돌기 시작했다.

"그럼 미연이가…… 죽었다고요?"

"다 내 실수야. 그 두 연놈은 5년 전에 죽었어야 했어. 그 사건이 터졌을 때, 그 연놈들부터 죽였다면 지금쯤 누나는 잘 살고 있었을 거야. 정작 자기들이 5년 전에 뭘 했는지도 모르고……."

"뭔데요? 뭘 어떻게 한 건데?"

선록은 이미 모든 걸 알고 있다는 듯이 차분하게 설명하기 시작했다.

"당신이 세호 엄마랑 만났던 날, 누나만 당신을 알아본 게 아니라 세호 엄마도 누나를 알아봤나 봐. 당연히 누나도 알고 있었지만 모른 척 넘어간 거고. 근데 그게 그렇게 기분이 안 좋았는지. 알고 지내는 기자에서 말도 안 되는 말을 떠든 거 같아. 배우 이지연이 지금 아동학대를 하고 있다고. 그 기자는 또 요즘 분위기에 아주 딱 맞는 주제라고 생각하고 특집기사를 준비하고 있었고."

"과수원에 있을 때, 왜 누나가 흔들렸는지 조금은 알 수 있었어. 평범한 시골의 가정. 아이들이 뛰어노는 풍경. 어르신들의 따

듯함도 좋았지만, 무엇보다 날 흔들리게 한 건 어르신께서 도와달라고 해서 잡았던 그 살아있는 닭의 온기였어. 과연 내가 사람을 죽일 수 있을까? 이 닭 한 마리의 온기도 감당하지 못하는 내가 과연 사람을 죽일 수 있을까? 그런 걱정을 하던 순간 전화가 왔지. 당장 내일 아침 기사로 누나의 아동학대 기사가 올라가기로 되어 있다고. 모든 흔들림이 멈췄어. 동정이나 고민도 사라졌지. 그냥 죽여야 했어. 그 두 연놈부터."

"그래서 아버지와 어머니를 신고하고, 선애랑 동서도 신고하고. 나만 남겨둔 거라고?"

"어차피 누군가 증인은 있어야 했으니까. 이 동네에서 나름 신뢰가 있는 인물, 이미 이런 쪽으로 경찰에서도 믿어줄 만한 사람. 그 사람의 증언만큼 확실한 건 없으니까. 그런데 그럴 필요도 없더라고. 내가 던져 놓은 신분증만으로 이미 기사가 나버리니까 말이야."

태호는 모든 사람을 다 죽이지 못한 건 억울한 것 같았지만, 그래도 둘을 죽였다는 사실에 성취감을 느끼는 듯했다. 그리고 자신의 악행을 막으려고 달려온 가족들의 노력이 결국은 헛된 것이라는 묘한 쾌감도 느끼는 듯했다. 하지만 그와 동시에 그의 눈은 한없이 슬퍼 보였다.

"형은 나를 막고 싶었겠지만, 막지 못했어. 나는 두 명을 죽였고 이제 누나 곁을 떠날 거야. 어쩌면 누나가 다시 힘을 낼지도 모르지. 완벽하지는 않았지만 난 결국 원하는 걸 해냈어."

태호는 슬픈 눈으로 웃고 있었다. 그리고 이제는 정말 모든 것이 끝났다는 마음으로 홀가분해 보이는 표정도 비쳤다. 하지만 그런 자신을 보는 선록의 표정이 너무 차분하고 무거웠다. 태호는 본능적으로 뭔가가 있다는 생각이 들었다.

"아니. 넌 다행히 아무것도 하지 못했어."

"뭐?"

"넌 누군가를 죽이지도 못했고, 사이다 같은 복수를 하지도 못했고, 결국 누나의 곁을 떠나지도 못할 거야."

"그게 무슨 말이야?"

"네가 누나의 번호로 전화를 걸어 나를 과수원으로 보냈을 때, 과수원에서 진짜 누나의 전화를 받았어. 그리고 널 살려달라고 했지. 누나는 네가 사람을 죽이지 않게 해달라고 했어. 그래서 나는 바로 부동산 용식이 아저씨한테 전화했어. 너는 수면제를 넣은 음료로 그들을 기절시킨 거였고, 아저씨는 불이 커지기 전에 두 사람을 구했어."

태호는 다시 혼란스러웠다. 자신이 했다고 생각했던 복수가 이뤄지지 않은 것이었다. 완벽하지는 않지만 그래도 성공했다고, 그 둘만큼은 분명히 죽었을 거라 생각했는데, 이렇게 또다시 문제가 생겼다는 사실에 태호는 누구보다 자신을 원망하고 있었다.

"원래 망치를 준비했지. 그 머리통을 부숴버리고 싶었거든. 사시미칼도 준비했어. 반항을 하면 다 쑤셔버리려고. 근데, 무서웠어. 그 퍼덕거리는 닭을 잡고 있던 순간 그 온기가 소름 끼치게 나를 겁쟁이로 만들었어. 그 닭의 울음소리, 꿈틀대던 움직임, 그 기분 나쁜 온기……. 그 모든 게 날 겁쟁이로 만들었다고."

태호의 말은 장인만 알아들을 수 있었다. 그 말을 들은 장인은 가슴 한편으로 안심이 되었다.

"자네가 그런 사람인 거야. 닭 한 마리도 제대로 못 잡는 그런 사람. 물론 먹기 위해 잡는 가축에게서 보통은 그런 감정까지는 못 느끼겠지. 그런데 아마 누군가를 죽이겠다고 마음을 먹고 있었기 때문에 그 닭 한 마리의 비명이 자네를 움츠러들게 만든 거야."

태호는 지금 상황을 어떻게 받아들여야 할지 혼란스럽기만 했다.

"그럼 기사는 뭐야? 분명 누나와 내 사망 기사가 뜨기 시작했는데?"

"그건 이미나가 한 거야."

"그럼 없는 시체가 있다고 거짓 기사가 난 거라고?"

"네가 제일 잘 알 거 아니야? 기자들, 아니 제대로 된 기자가 아니라 기레기라고 불리는 사람들이 이런 사건을 어떻게 대하는

246

지."

"그럼 난 뭐야? 난 지금까지 뭘 한 거냐고!"

태호는 너무 화가 났다. 자신이 그렇게 벼르고 벼르던 복수가 하나도 이뤄지지 못했다는 사실이 견디기 힘들 만큼 괴로웠다. 하지만 그런 태호와는 다르게 선록은 다시 차분하게 말을 이어갔다.

"아니, 넌 이미 충분히 누군가를 지켰고, 앞으로도 지킬 거라고 했어."

"누가?"

"이미나가."

그때 마침 완수가 선록에게 휴대전화로 무엇인가를 보여줬다. 선록은 그것을 TV 화면에 연결해 모두가 볼 수 있게 했다. 그러고는 태호에게 다가가 말했다.

"그리고 이미나가 이 말도 전해달라고 했어."

"뭐?"

"복수는 이렇게 하는 거라고."

라이브 방송

완수의 핸드폰에서는 인스타그램 라이브 방송이 나오고 있었다. 그 화면을 장례식장에 있는 큰 TV로 연결해서 모두 같이 봤다. 라이브 방송은 서울의 한 호텔 연회장에서 진행되는 것이었다. 방송의 주인공이자 호스트는 바로 이미나였다.

TV에 라이브 방송이 연결되자마자 첫 화면은 밴드 트러스트의 공연 모습이 나왔다. 그들이 연주하는 곡은 '모르고 있었다는 것은 아무런 핑계가 되지 않아'였다.

내가 무슨 말을 할 수 있을까?
너에게.
숨을 쉬고 있는 지금 이 순간이
모두 후회가 돼.

내가 어떻게 살아갈 수 있을까?

앞으로.

네가 지나온 그 모든 시간들이

나를 아프게 해.

멍하니 온종일 기억을 뒤져서

너를 찾고 있었어.

아주 작은 조각이라도.

그렇게 온종일 너만을 찾아서.

겨우 알 수 있었어.

모두 내 잘못이란 걸.

You can hate me.

No, please hate me.

모르고 있었다는 것은

아무런 핑계가 되지 않아.

You can hate me.

No, please hate me.

모르고 있었다는 것은

아무런 핑계가 되지 않아.

내가 이제 와 뭘 할 수 있을까?

너에게.

네가 지나온 그 모든 시간들이

나를 아프게 해.

빈자리 빈자리 빈자리

내가 있어야만 했던 순간들.

나도 모르고 망쳐버린 순간들,

빈자리 빈자리 빈자리

You can hate me.

No, please hate me.

모르고 있었다는 것은

아무런 핑계가 되지 않아.

You can hate me.

No, please hate me.

모르고 있었다는 것은

아무런 핑계가 되지 않아.

모르고 있었다는 것은

아무런 핑계가 되지 않아.

모르고 있었다는 것은

아무런 핑계가 되지 않아.

트러스트가 공연하는 동안 카메라는 마치 연말 시상식이라도 되는 것처럼 그 자리에 초대된 사람들의 얼굴을 비추고 있었다. 그리고 사람들의 얼굴이 나올 때마다 그 사람의 소개가 자막으로 나오고 있었다. 화면으로 소개되는 사람들은 정말 다양했다. 방송국 PD, 작가, 언론사 기자, 홍보대행사 CEO, 연예기획사 대표, 일본 방송국 국장까지, 그런 인물들이 이미나의 초대로 이곳에서 공연과 파티를 즐기고 있는 모습이 라이브 방송으로 송출되고 있었다. 소개되지 않은 취재 기자들의 모습도 보였는데, 그들은 이 파티를 취재하기 위해 미나가 부른 기자들 같았다.

트러스트의 노래가 끝나자 보컬 하루가 마이크를 잡았다.

"우리 이모, 아니 이사님이 이런 부탁 잘 안 하는 분인데, 급하게 전화해서 이 한 곡만 꼭 불러달라고 하더라고요. 이유는 모르겠지만 딱 한 곡만 부르고 바로 사라지라고 해서, 저희는 먼저 사라질게요. 라방을 시청하고 계신 우리 트러스트 팬분들께서는 끝까지 남아서 이 파티가 얼마나 재미있었는지 꼭 알려주세요. 감사합니다."

하루의 인사와 함께 트러스트가 무대에서 내려가자 마이크를 잡은 미나가 올라왔다.

"제가 보통 라방을 하면 한 2~3만 명 들어오시거든요. 근데 진짜 트러스트가 다르긴 하네요. 지금 접속자 수가…… 35만 명 맞죠? 제가 0 하나 잘못 본 거 아니죠? 좋습니다. 제가 원래 이런 숫자에 집착하는 사람은 아닌데, 오늘만큼은 최대한 많은 사람이 봤으면 해서요."

사람들은 화려한 드레스를 입고 무대에 서서 위트 있게 방송을 이끌어가는 미나에게 큰 박수를 보냈다. 사람들은 모두 화려한 옷을 입고 파티를 즐기고 있었다. 연회장 중심에 있는 아주 커다란 샹들리에의 반짝임이 그 공간을 더없이 화려하게 만들어 주었다.

"오늘 이 자리는 제가 평소에 친분을 돈독하게 하고 있던 100분을 모셨는데요. 어떤 분들이 오셨는지는 지금 자막을 통해서 확인하고 계시죠? 이분들 꼭 기억해 주세요. 정말 유명해질 분들이에요."

그 화면 밖, 오래되고 침침한 장례식장에 서 있는 가족들의 모습은 상대적으로 더 우울하게 느껴졌다.

"지금 저기서 뭘 하려는 거죠?"

태호는 화면을 보면서도 믿기지 않는지 선록에게 물었다. 선록은 담담하게 대답했다.

"아마 우리가 예상하는 걸…… 하려는 거겠지."

그들은 다시 말없이 화면을 바라봤다.

어느새 미나의 분위기는 조금 바뀌었다.

"오늘 이 파티는 제가 좀 급하게 연락을 돌렸어요. 다들 아시다시피, 제가 좀 생떼를 썼죠? 그런데 공교롭게도 오늘 이곳에 오신 분들은 이곳 말고 또 다른 곳에서도 아주 중요한 모임이 하나 있었거든요. 그런데 아무도 그곳으로 가지 않고 모두 이곳으로 오셨더라고요. 정말 감사합니다."

순간 그 자리에 초대되어 있던 사람들의 표정이 변하기 시작했다. 거기 모인 사람들은 미나가 무슨 말을 하는 건지 알고 있었다.

"그래서 제가 그쪽에 너무 미안한 마음이 들어서 그냥 그쪽의 주인공을 이곳으로 모시기로 했습니다. 박수 부탁드립니다."

파티장에 초대받은 사람 중에서 눈치가 빠른 사람들은 바로 일어나 그 자리를 벗어나려고 했다. 하지만 미나는 전혀 당황하지 않고 말을 이어갔다.

"나가지 마세요. 어차피 소용없어요. 그리고 한 가지만 잊지 마세요. 제가 오늘 여러분을 살린 겁니다."

그 말과 동시에 한 쪽에서 더 화려한 하얀색 드레스를 입은 이지연이 걸어 나왔다. 자리에 있던 모든 사람의 표정이 굳었다. 특히 취재를 하러 온 기자들은 많이 놀라서 연신 사진을 찍어대기 시작했다. 이미 죽었다고 특집기사를 냈는데, 죽은 사람이 갑자기 무대에 나왔기 때문이다. 무대에 선 이지연이 말했다.

"분명히 제 부고 메시지를 받으신 걸로 아는데, 모두 여기 계시네요. 심지어 복장을 보니 파티 끝나고 가실 생각도 없으신 거 같고요."

태연하게 말을 시작한 지연에 비해 그의 말을 듣고 있는 사람들은 꼼짝도 하지 못했다.

"다행이네요. 적어도 지금 분위기를 보니까, 저한테 뭘 잘못했는지 정도는 아시는 것 같아서요."

누구보다 크게 놀란 건 태호였다. 지연이 어떻게 저기 있는지 이해할 수가 없었다. 표정으로 그의 마음을 읽은 선록이 태호에게 말했다.

"네가 한옥 배밭에 구덩이를 파고 있을 때 신고를 한 게 나야. 그때 너도 나 봤잖아."

"예."

"그때 우리 장인께서 대문 앞에 냄새가 심한 농약을 잔뜩 뿌려놓으셨거든. 그래서 그날 네 얼굴을 확인하고 나서는 밤새 아파트 단지를 뒤지기 시작했지. 마약 탐지견처럼. 야외라서 정말 힘들기는 했는데 되긴 하더라. 처음엔 동을 찾고 그다음에 층을 찾고, 결국에는 현관 입구까지 갔더니 웬 개 짖는 소리가 들리더라고."

"그때 누나를 구했다고?"

"아니, 그때는 연호 엄마가 지연 누나인지 몰랐잖아. 나는 연호네 집을 알아둔 거였고. 그 덕에 누나를 구해줄 수 있었지."

지연은 그 자리에 와있는 사람들의 얼굴을 말없이 하나하나 확인했다. 그곳에 있는 사람들은 견디기 힘들 만큼 긴 시간으로 느껴졌다. 그런 지연의 얼굴을 똑바로 마주 보는 사람이 하나도 없었다. 그저 모두 고개만 숙인 채 이 시간이 지나기만을 바라고 있는 것 같았다. 지연은 차분하게 한 명 한 명을 다 확인했다. 그 공간에는 무거운 침묵만이 흘렀다. 100명 가까운 사람을 모두 확인한 지연이 갑자기 해맑게 웃었다.

"진짜네요. 막상 마주하니 정말 아무것도 아니었어요. 전 그동안 뭐가 그리 무서웠을까요? 이렇게 제 눈을 똑바로 보지도 못하는 사람들한테 말이에요. 누가 그러더라고요. 쫄지 말라고. 막상 보면 진짜 별거 아닐 거라고. 근데 진짜 별거 아니네요. 여러분들에게 억눌려 있던 시간 동안 저도 절 똑바로 보지 못했던 것 같아요. 6년 전 그날부터."

그 말과 동시에 무대 스크린에 메신저 톡방이 나타났다. 거기서 나누는 대화들은 아주 심각했다. 대상은 이지연이었고, 온갖 비하 표현이 난무했다. 그 방에는 이지연 본인도 있었다. 이지연은 자신을 비하하고 놀리는 사람들 사이에서 아무런 말도 하지 못한 채 비위를 맞추고 있었다. 사람들은 그 반응이 재미있어서 더 괴롭히는 분위기였다.

"이 방, 아직도 있나요? 있겠구나⋯⋯. 언니가 이 방에서 파티 초대를 했을 테니까. 기억하시죠? 6년 전 그날 이 방에서 무슨 일이 있었는지?"

카톡방이 화면에 나오자 사람들이 웅성거리기 시작했다. 어떤 사람은 당장 끄라고 소리를 지르기도 하고, 울부짖는 사람도 있었다. 해맑게 웃고 있던 지연은 그들의 모습에 갑자기 화가 났다.

"이게 무서워요? 고작? 자기 손가락으로 쓴 몇 줄의 말들이 그렇게 걱정돼? 사람들에게 알려질까 봐? 난 저 방에서 내 만삭의 누드사진이 유출됐는데?"

선애는 순간적으로 소리를 질렀다. 같은 여자로서 상상하기도 싫은 정말 끔찍한 일이었다. 그리고 스크린 속 카톡방에는 지연의 만삭의 누드사진이 올라왔다.

기자 : 이거 본 사람?

작가 : 뭐야? 이게?

PD : 이지연이야? 지연아, 너야?

기자2: 에이, 이거 그냥 만삭 사진 찍은 거 아냐? 요즘 이런 거 많이 찍어.

기자 : 넌 만삭 사진 다리 벌리고 찍냐? 야한 표정 지으면서?

또 올라오는 다른 사진들…….

작가 : 이거 AV 아니야? 너 AV 찍었어? 만삭으로?

PD : 설마 그랬겠냐? 남편도 있는데?

기획사 팀장 : 누가 이런 걸 올리는 거야? 이 방에 지연이 남편도 있어!

기자 : 빙신아. 그 남편이 보내준 거야!

톡방 대화 내용이 이어지자 한 남자가 소리를 질렀다.

"야! 안 꺼! 이지연, 너 미쳤냐? 이미나, 이 쌍년아! 너도 돌았지?"

남자가 소리를 지르자마자 이미나가 그 남자에게 다가갔다. 그리고 그 자리에서 그 남자의 뺨을 사정없이 때렸다. 한 대, 두 대, 세 대. 남자는 차마 이미나의 손을 잡지도 못하고 얻어맞고만 있다가, 자기 얼굴을 부여잡았다.

"손 치워."

"그만해……. 제발……."

"손 치우라고!"

낮고 무겁게 내뱉은 미나의 말에 남자는 자기 손을 내렸다. 미나는 다시 온 힘을 다해 남자의 뺨을 세 대 더 때렸다. 그리고 다시 무대로 올라가서 마이크를 잡고 말했다.

"지연아, 미안. 저 새끼는 내가 얘기할게."

"예."

"아시죠? 나와 지연이의 전남편. 솔직히 말하면, 난 알았어요. 저 새끼가 쓰레기인 거. 알고 있었지만, 그때 나는 그냥 누군가가 필요했고, 한국을 떠나고 싶었고, 그때 저 새끼가 옆에 있었죠. 그래서 사랑이 아닌 것도 알고 있었지만, 날 속이고 결혼했어요. 그리고 딱 1년. 쓰레기여도 너무 쓰레기라서 도저히 같이 살 수가 없더라고요. 그래서 이혼했어요. 그리고 조용히 살았죠. 굳이 내가 먼저 말하고 싶지 않아서 알리지 않았고, 그렇게 그냥 살았어요, 한동안. 근데 저 쓰레기를 지연이가 주운 거죠. 전 몰랐어요. 그때 지연이랑은 얼굴 정도만 아는 사이였고, 그때는 만나기 더 힘들었었죠. 근데 여기 있던 누군가가 기사를 썼죠, 아마?"

화면으로 기사가 띄워졌다. 그 기사에는 지연과 미나의 사진이 자극적으로 나와 있었다.

[떠오르는 신예 스타, 지는 별의 남편도 탐내다.]

"제목부터 쓰레기 같은 저 기사를, 저 새끼는 나한테 사실관계도 확인하지 않고 신문에 실었고, 한 달이나 걸려 오해가 풀렸지만 지연이는 더 이상 한국에서 활동할 수가 없었죠. 그런데 오히려 그 기사로 이득을 본 건 저였어요. 이미 지는 해라고 생각했던 내가 다시 사람들의 관심 속으로 들어갔고, 다시 이 자리에 올라올 수 있게 됐으니까. 그러는 동안 지연이는 저 새끼랑 일본에서 활동했죠. 나는 잘하고 있다고 생각했지만, 나중에 알고 보니 저 새끼는 여전히 쓰레기여서 일본에서 온갖 더러운 자리마다 지연이를 데리고 다니며 얼굴마담을 시켰더라고요. 그래서 결국 일본에서도 작품활동보다는 술자리에서 자주 보는 배우라는 식으로 소문이 나버렸죠. 그러다 임신하고, 그걸 마지막 기회라고 생각한 저 새끼는 지연이에게 만삭 사진을 찍으러 가자고 속여서 누드사진을 찍게 한 것도 모자라 그 사진을 직접 잡지사에 팔아넘겼어요. 이 더러운 톡방에 올려서 놀림거리도 만들고! 이 개새끼가!"

취재 기자들의 손이 바빠졌다. 실제로 그의 안 좋은 소문들은 업계에서 유명했고 누구나 알고 있지만 차마 말하지 못하던 것들이었다. 그런 치부가 만천하에 공개된 것이다. 그 순간 라이브 방송 접속자 수는 70만 명이 넘어가고 있었다.

"불륜설에 휩싸이고 일본으로 넘어갔을 때, 검은 개가 보이기 시작했어요. 처음에는 어릴 적 잃어버렸던 품종도 알 수 없는 그 검은 강아지가 돌아온 줄 알았지만, 그럴 리가 없잖아요? 일본인데. 그렇게 난 검은 개와 살았어요. 그 검은 개는 내가 있는 어느

곳에나 있었어요. 집이나, 방송국이나, 술집이나, 늦은 밤 골목길이나……. 검은 개는 항상 나를 쫓아다녔고, 그 개가 보이는 순간 나는 정말 아무것도 할 수 없는 바보가 되곤 했어요. 한참을 지난 후에야 알았죠. 그게 내 우울증 증상이 만들어 낸 환각이라는 걸. 나는 알면서도 이기려고 하지 않았어요. 그 시절 나는 우울하지 않은 게 이상한 상태라고 생각했으니까. 어쩔 수 없이 약은 먹어도 기대하지 않았어요. 그저 그렇게 그 검은 개랑 살면 되니까."

장인은 그제야 생각났다. 지연이 과수원에 처음 왔을 때, 빈 개집 앞에서 한참을 망설이며 지나치지 못했던 것을. 지연은 거기서 검은 개를 봤던 것이다.

"처음으로 그 개가 사라진 적이 있었어요. 일본에서 그래도 가장 빛나던 시기에 먹던 샤인머스캣을 다시 먹은 날. 기분만이라도 그 시절로 돌아간 것 같았죠. 여기 있는 분들 모두 받으셨죠? 다시 그 시절로 돌아가고 싶다는 마음으로, 다시 그때처럼 만들어 달라는 마음으로, 바보처럼 이 방에서 그런 일을 당해놓고도 결국 나를 다시 일으켜 세워줄 사람들은 당신들밖에 없다고 생각했어요. 그런데 결국 나만의 착각이었죠. 육아 예능으로 다시 시작하자고 제안했던 김 작가와 박 PD. 그럴싸한 프로그램 기획서를 가지고 온 당신들을 믿고 나는 우리 아이의 출연 동의서에 서명까지 했죠. 그 달콤한 샤인머스캣에 취했는지, 아이를 팔아서라도 다시 날아오르고 싶었죠. 그런데 뭐라고 했지? 프로그램 이름이 '후회의 나날들'이라고? 나의 첫 번째 후회로 내 아이 인터뷰를 만들어? 내가 연호를 낳은 것을 후회하고 있다고? 연호가 내 인생을 망친 거라고? 이 개 같은 소리를 내가 하더라고 연호한테 거짓말을 해? 그 말에 우는 애를 찍어서 내보내? 당신들은 6년 전처럼 또 그렇게 나를 비아냥거렸죠. 내가 그 방에 있거나 말거나. 아니 내가 거기 있다는 사실이 당신들에게는 더 큰 자극이 되었겠죠. 미나 언니 덕분에 프로그램은 캔슬됐지만, 나에게는 다시 검은 개가 찾아왔어요."

태호는 화가 나서 주먹을 꽉 쥐고 있었다. 그리고 자신도 모르게 쥔 주먹 사이로 피가 흘렀다. 아이까지 이용하려 했던 악랄한 것들에 대한 분노가 그를 지금 이 자리로 이끈 것이 분명했다.

뒤에 서 있던 미나는 그날의 일이 떠오르는지 참지 못하고 지연의 말을 끊고 끼어들었다.

"그 거지 같은 프로그램을 기획한 분이 지금 저기 계시는 박 PD님과 작가님이죠. 자막으로 상세한 프로필이 나가고 있을 겁니다. 이 인간 같지 않은 것들을 소개합니다."

미나의 마음을 알고 있는 지연은 가만히 기다리고 있다가 미나와 눈을 맞추고는 다시 말을 이어갔다.

"나에게 다시 돌아온 검은 개는 싫었지만, 충격적이지는 않았어요. 당연히 아주 사라졌을 거라는 생각을 하지는 않았으니까요. 그런데 그 검은 개로 인해 나는 다시 어둠 속으로 들어갔고, 다시 또 연호를 거부했어요. 연호를 볼 때마다 그 인터뷰 영상이 다시 머릿속에 재생되는 것 같았거든요. 그런데 그것도 버틸 만은 했어요. 다행히 연호에게는 좋은 아빠가 있었고. 아! 저 사람 말고요. 다들 아시는 태호요. 태호가 아이를 잘 돌봐주리라는 믿음이 있었어요. 그래서 내가 잠시 숨어 있어도 연호는 괜찮을 거라고 생각했죠. 그런데 언젠가 유치원에 아이를 데리러 갔던 날, 아이가 돌아오는 길에서 만난 새하얀 포메라니안을 보며 제게 말하더군요. '엄마, 저 검은 개 예쁘지?' 저는 심장이 무너지는 것 같았어요. 그 뒤로 몇 번이나 다른 개를 보며 물어봐도 우리 아이에게는 모든 개가 검은색이더군요. 심지어 동화책에 나오는 강아지마저도."

선영은 연호가 검은색을 좋아한다고 말하던 아율이의 말이 떠올랐다. 지연도 연호도 너무 무거운 삶을 살았다는 생각이 들어 눈물이 흘렀다.

"그때는 정신이 번쩍 들더라고요. 아쉽게도 '다시 힘을 내보자! 잘해보자!' 이런 게 아니고요. 내가 빨리 사라져야겠다는 생각. 처음에는 당신들을 다 죽여버리려고 했어요. 하나하나 죽여서 땅에 묻어버리려고 구덩이도 팠어요. 약도 구해놨고, 농약도 사고, 나름 계획을 철저하게 세웠죠."

그렇게 이야기하던 지연은 갑자기 전남편을 바라봤다. 그러고는 한참을 말없이 보고만 있었다.

"당신은 차마 못 죽이겠더라. 우리 애 친부니까. 그래서 제가 애한테 채식을 시켰어요. 미리 적응하라고. 미움받지 말고 잘 적응하고 살라고. 저 미친 인간은 애든 어른이든 살이 있는 꼴을 못 보는 인간이니까. 그렇게 내 새끼에게도 풀만 먹였다고요. 그런데 그때 이 기자한테 연락이 왔죠. 당신이 연호와 유전자 검사를 하고 싶어 한다고. 혹시 하고 나서 어떤 결과든지 자신에게 먼저 알려주면 보상도 해주고 동정여론도 만들어 준다고요. 그때 생각했어요. 내가 정신을 아직 덜 차렸구나. 내가 이대로 아이를 당신에게 넘기면 우리 아이도 끝까지 이용만 당하겠구나. 그래서 그냥 같이 죽기로 했어요. 나랑 아이랑. 아이만 두고 가면 아이도, 태호도 너무 불쌍하니까."

지연은 눈물이 너무 많이 흘러 더 이상 말을 하지 못했다. 뒤에 있는 미나가 다시 앞으로 나와 이야기를 이어갔다.

"그래서 지금부터 제가 여기 계신 분들을 살렸다고 말한 이유를 말씀드리려고 합니다. 지연이는 나름 체계적으로 당신들을 죽이려고 계획했습니다. 하지만 지금 들은 것처럼 결국 의지를 잃고 말았죠. 그 대신 당신들에게 포도를 한 상자씩 보냈습니다. 저주의 편지를 담아서요. 그런데 다들 포도는 받았는데, 편지는 받지 못했죠? 지연이가 자기 손가락을 깨물어 쓴 혈서들이 혹시라도 문제가 될까 봐, 오지랖 넓은 과수원집 가족들이 다 빼 버렸거든요. 그런데 그사이 당신들의 모든 악행을 알고 있는 태호가 그 기자와 소문을 내고 다니던 악플러를 죽이고 집에 불을 질렀어요. 그 시신들이 자신과 지연인 척 위장을 하고 부고 문자를 보낸 겁니다. 그 문자엔 이런 내용도 있었죠? 장례식장에 오지 않으면 이 모든 사실을 언론에 제보하고 커뮤니티 게시판마다 업로드하겠다고. 그래서 당신들은 제가 이 파티를 기획하기 전까진 모두 그 장례식장에 가려고 했죠. 혹시 모를 불안함에, 지연과 생전에 친했다는 이미지까지 남기고 싶어서. 거기 갔으면 다 죽었을 거예요. 제 말 한 마디에 이곳에 와서 다들 목숨을 건진 겁니다."

미나 : 야. 나 오늘 파티할 거야. 돔페리뇽 깐다.

PD : 대박!

작가 : 뭐야? 오늘 뭔 날이야?

작가 2 : 근데 오늘 이지연 장례식장 가야 하는 거 아니에요, 다들?

기획사 : 가야겠지?

기자 : 이지연이 뭐라고. 사람들이 기억이나 할까?

PD2: 솔까 그래. 우리니까 놀아주고 알아주고 한 거지. 이지연을 누가 알아?

작가 3: 그래도 태호 그 새끼가 장례식장에 얼굴 안 비추면 다 까발린다잖아. 어려운 것도 아닌데, 갑시다.

작가 : 근데 솔직히 터져도 별거 없지 않아요?

기획사 : 그래. 뭐가 터져도 2주면 다 조용해져. 게다가 우리가 연예인도 아니고, 터져 봤자 이지연 이름만 시끄럽다가 다 사라져. 가해자 이름이 오래 돌아다니는 거 봤냐? 이런 사건에는 온통 피해자만 더 유명해지지.

PD4: 피해자, 가해자는 또 뭐야? 우리가 뭘 하긴 했어? 기분 나쁘게 다들 왜 이래?

홍보사 : 그래! 뭘 또 그렇게들 쫄아? 이 안에 기자가 몇이고 PD가 몇인데. 난 걱정은 하나도 안 돼. 오늘은 돔페리뇽이 땡기네.

PD : 잘 가지고 놀던 장난감 하나가 없어져서 아쉽기는 해도, 또 찾으면 되지, 뭐.

작가 : 미나 언니. 돔페리뇽 히야시 해줘요! 우리 다 갑니다.

미나는 단톡방 메시지를 라이브 방송 화면에 비췄다. 그 순간 라이브 방송의 댓글 창은 더 난리가 났다. 취재 기자들의 손은 보이지 않을 정도로 분주해졌다. 톡방 가담자들은 모두 당황해서 어쩔 줄을 몰랐다.

"솔직히 저도 똑같은 사람입니다. 저 톡방에 있었고, 분위기가 무서워서 적극적으로 무엇인가를 하지도 못했습니다. 그러니 지금 방송을 보시는 분들은 저를 포함해서 이 새끼들을 절대 잊으면 안 됩니다. 저는 앞으로 저들이 말한 2주를 넘기기 위해서, 2주마다 저 새끼들의 명단을 제 인스타에 업로드할 예정입니다."

미나의 말이 끝나자마자 인스타그램에는 톡방 가담자 명단이 올라왔다. 톡방 가담자들은 화를 내며 그 자리를 떠났다. 그 장면은 모두 취재 기자들에게 촬영되어 각종 언론과 SNS로 퍼져나갔다.

그때 이미나와 이지연의 전남편이 그녀들에게 다가왔다.

"너희들이 쌍으로 미쳤구나? 이런다고 내가 죽을 거 같아?"

"아니, 죽지 마. 그냥 죽으면 너무 아까워. 너는 더 비참해져야지!"

"나 안 죽어. 내가 그동안 이 바닥에서 어떻게 버텨왔는데 내가 죽어? 설마 내가 보험도 안 들었을까 봐?"

"알지. 1년이어도 내가 당신 아내였는데, 당신이 뿌려둔 그 더러운 돈이랑 당신 금고에 있는 그 더러운 자료들 모를까 봐? 이미 내가 다 알려줬어. 당신이 관리하던 그 높은 어르신들한테. 지금쯤 당신 사무실이랑 집이랑 다 다녀갔을 거야!"

"으아~!"

전남편은 소리를 질렀다. 화를 이기지 못하고 그 자리에서 방방 뛰던 전남편의 화는 지연에게로 향했다.

"네 새끼 내가 뺏어 올 거야! 그래서 어디 섬에다 팔아버리고 평생 넌 얼굴도 못 보게 할 거야! 알았어?"

"내 새끼 건들기만 해. 네 눈알부터 잘근잘근 씹어 먹어버릴 테니까."

전남편은 한 치도 물러서지 않는 지연의 태도에도 화가 났는지, 갑자기 주머니를 뒤져 힙 플라스크를 꺼내 벌컥벌컥 들이켰다. 그 장면을 보던 태호가 작은 목소리로 중얼거렸다.

"그래, 넌 벌을 받아야지."

태호의 중얼거림이 끝나자마자, 전남편은 뭔가 이상하다는 표정을 지었다. 그러더니 갑자기 입에 거품을 물고 쓰러졌다. 그 모습에 놀란 사람들의 비명이 그 공간을 가득 채웠다. 미나는 바로 구급차를 불렀다. 그날의 방송은 결국 전남편이 병원에 실려 가는 모습으로 끝이 났다.

옆에서 태호의 중얼거림을 들은 완수는 바로 태호의 멱살을 잡았다.

"뭐야? 저거 네가 그런 거야?"

"안 죽어. 안 죽을 거라고. 처음부터 저 새끼는 죽일 생각이 없었어."

"그럼 저건 뭐야?"

"염산이 알코올만큼 들어간 위스키. 농도가 높지 않아서 아마 기껏해야 식도 정도만 녹았을 거야. 그 덕에 며칠 술 못 먹을 정도일 뿐이야. 저 새끼도 이미 다 망가진 놈이야. 술 없으면 5분도 못 버텨. 그래서 항상 주머니에 위스키를 챙겨 다니지. 몸에 알코올이 없으면 정말 아무것도 못 하거든. 근데 꼴에 비싼 거 좋아해. 그래서 내가 저 새끼가 맨날 노래를 부르던 비싸고 귀한 위스키 한 병을 보냈지. 몰래 염산을 타서 말이야."

"왜 그랬냐고?"

"그거 알아? 진짜 증오하는 새끼는 그냥 죽는 것도 아까워. 그냥 편하게 떠나는 것도 싫다고. 처음부터 저 새끼는 죽일 생각이 없었어. 내가 평생 하나씩 망가트릴 생각이었어. 식도를 녹이고, 눈알을 찌르고, 손가락을 자르고, 발목을 끊어놓으면서 살려두려 했다고. 사는 내내 지옥이 되도록, 순간순간이 온통 치욕과 고통이길. 평생 그렇게 살게 만들 작정이었다고."

태호는 그 말을 하고 큰 소리로 웃다가 점점 눈물을 흘리기 시작했다. 그리고 그 자리에서 또 중얼거렸다.

"겨우 복수 하나 했네."

가족들은 울고 있었다. 결국 모두를 막지는 못한 것이다. 태호는 경찰서에 전화했다.

"자수하려고요. 저 좀 잡으러 와 주세요."

완수는 잡고 있는 멱살을 놓지 못하고 있었다. 너무 미안했다. 조금 더 미리 알아차릴걸. 조금 더 적극적으로 말려볼걸. 차라리 그때 다 물어볼걸.

"저는 여러분들 다 알고 있었어요. 배달 다니다 보면 이 얘기 저 얘기 많이 듣는데, 너무 영화 속에 나오는 가족 같아서 현실적이지 않았거든요. 나중에는 일부러 끌어들였어요. 어쩌면 내심…… 누군가가 저를 말려주길 바라고 있었을지도 모르죠. 누나하고 연호한테 꼭 전해주세요. 미안하다고."

멀리서 들리는 사이렌에 가족들은 아무 말도 할 수 없었다.

에필로그 하나

연호는 그날 이후 한동안 보호 시설에서 지냈지만, 결국 다시 지연과 함께 살게 되었다. 지연은 그 사건 뒤에 몇 번이나 과수원 앞까지 왔었지만 차마 발길이 떨어지지 않았고, 이제서야 연호를 핑계로 올 수 있었다.

"조금만 일찍 오지. 그저께 남은 포도 다 땄는데."

"죄송해요."

지연은 장모의 앞에서 고개를 푹 숙인 채, 아무 말도 하지 못하고 있었다. 그때 저 뒤에서 장인이 손에 포도송이를 들고 무심하게 걸어왔다. 그러고는 쑥 포도를 내밀었다.

"오긴 올 거 같아서 두어 송이만 남겨뒀는데, 상태가 좋지는 않아."

지연은 장인의 말에 참았던 눈물이 터졌다. 장모는 아무 말도 하지 않고, 그 포도를 씻어다 접시에 담아 내왔다.

"연호야. 포도 먹자."

연호는 울고 있는 엄마의 눈치를 봤지만, 장인이 웃으며 먹으라는 눈짓을 주자 신나게 포도를 입에 넣기 시작했다.

"누구 아들 아니랄까 봐……."

지연은 장인의 그 말에 결국 웃음이 터졌고, 겨우 울음을 그쳤다.

"이제 돈 아껴서 살아. 명품 같은 건 보지도 말고."

"주말에는 연호 데려와서 밥도 먹고 가고 그래. 겨울에 눈 오면 눈썰매 하나 사서 오고."

"예."

지연은 대답을 하고는 포도를 입에 넣어 깨물었다.

"달아요."

"참고 살아 봐. 그럼 그렇게 달달한 날도 올 거야."

"예."

에필로그 둘

아율이는 다시 유치원에 나오기로 한 연호와 붙어서 놀았다. 연호도 그런 아율이가 좋았는지 아율이의 손을 꼭 잡고 다니며 함께 어울렸다. 점심을 먹고 나서 아율이가 가방에서 꺼낸 것을 연호에게 내밀었다.

"이거."

"뭐야?"

"너희 엄마 아빠 사진."

"누가 준 거야?"

"우리 이모가. 근데 이모가 궁금하다고 물어보라고 했어. 왜 그 사진이 그렇게 많냐고."

"이거 우리 엄마가 즉석 사진을 좋아해서 코디 이모한테 부탁해서 찍어달라고 한 거래."

"근데 다 너희 엄마 아빠가 같이 있던데?"

"우리 엄마가 아빠랑 같이 찍어달라고 그랬대. 내가 코디 이모한테 물어봤어."

"근데 이게 왜 우리 이모한테 있어?"

"내가 엄마 물건에다가 다 넣어 놔서 그럴걸?"

"네가? 왜?"

"아빠가 자꾸 엄마 물건을 팔아서. 엄마가 팔라고 한 건 아는데, 그래도 우리 엄마 거니까. 나중에라도 다시 찾을 수 있게 내가 하나씩 넣어둔 거야."

"진짜? 근데 물건은 없고 사진만 돌아왔네?"

"괜찮아. 엄마도 돌아왔으니까."

"너 엄마 엄청 좋아하는구나?"

"그럼! 오늘도 엄마가 데리러 오기로 했어."

"어? 그럼 너 또 울겠네?"

"아닌데, 나 안 우는데?"

"거짓말하지 마. 너 맨날 엄마만 오면 울었잖아."

"그거 우는 거 아니야. 나는 엄마 닮아서 눈이 건조해서 안약 넣어주는 거야. 그래야 눈이 깨끗해지고 잘 보인다고 했어."

"치, 난 또……."

에필로그 셋

미나는 태호의 면회를 왔다. 살인미수에 대한 혐의는 다행히 벗었지만, 미나 전남편에 대한 상해치사 혐의는 어쩔 수가 없었다. 다만 초범이라는 점, 자수를 한 점, 미나의 압박으로 전남편이 쓴 청원서까지 받아들여져서 길지 않은 시간을 보내고 나면 나올 수 있을 것 같았다.

태호는 초췌한 모습이긴 했지만, 마음은 아주 편안해 보였다. 미나는 웃으며 나오는 태호를 보며 마음이 한결 놓였다.

"좋아 보인다. 그래도 돼?"

"뭐가요?"

"뭐가요라니, 남의 전남편을 그렇게 사람 구실 못하게 해놓고 그런 표정으로 나오면 안 되지."

"반가운 소식이네요."

"이런…… . 아직 반성의 기미가 보이지 않는데."

태호는 아무렇지 않게 장난을 쳐주는 미나가 고마웠다.

"누나, 고마워요."

"아니야. 1년 전에 네가 알려주지 않았으면 나도 평생 후회하며 살았을 거야. 나는 그 단톡방 알림도 꺼놓고 살았거든."

"다 누나 덕분이에요. 우리 누나는 잘 있어요?"

"왜? 면회 안 와?"

"예, 아마 제가 죄수복 입은 걸 보기 싫을 거예요. 저도 보여주기 싫고요."

"아마 연호한테 보여주기 싫은 걸 거야. 혼자 오기는 싫으니."

"그거나 그거나."

"지연이 우리 기획사 들어왔어."

"진짜요?"

"대표가 능력이 없어서 한방에 빵 뜨게는 못 하겠지만. 지연이도 신인의 마음으로 하나씩 다시 시작한다고 하니까. 기다려 주려고."

"진짜 잘됐네요."

"트러스트 하준이 오빠가 이번 신곡 뮤직비디오를 지연이랑 찍었으면 좋겠다고 해서, 아마 그것부터 할 것 같아."

태호는 갑자기 눈물이 나기 시작했다. 자신이 이렇게까지 많을 걸 받아도 되는 사람인지……. 감정을 주체할 수 없었다.

"그런데 문제가 있어."

"뭔데요?"

"우리 이 배우님. 매니저가 없어."

태호는 미나의 말에 또 울기 시작했다.

"이 배우님이 기다린다고 하시니까, 나는 진 매니저가 어서 우리 가족이 되었으면 좋겠습니다. 계약금은 영치금으로 넣었어요. 나와서 봅시다."

태호는 아무 말도 하지 못하고 고개를 숙인 채 울고만 있었다.